ASAHI SENSHO 朝日選書 968

96歳 元海軍兵の「遺言」

瀧本邦慶
聞き手 下地毅

JN156899

朝日新聞出版

96歳　元海軍兵の「遺言」／目次

まえがき……3

第1章　1939年、下っぱ海軍兵……9

「よっしゃ」のひとことで兵隊に／海軍は競争社会／地獄のカッター訓練／上官のために手あらい場にダッシュ／軍人勅諭の歌／軍艦「八重山」へ／あたらずの高角砲の係に／戦闘訓練よりつらい内務／海軍伝統のリンチ道具バッター／たちの悪い古参兵／ぞうきんのしぼり汁を飲んで／すがたを消した同年兵／なぜ上官の命令が絶対か／もの言えぬ空気／八重山からの「脱出」／職業軍人への第一歩――横須賀海軍航空隊へ

第2章 1941年、真珠湾……45
海軍の花形「飛龍」に着任／いのちがけの離発着／つかのまの初恋／真珠湾攻撃の予兆だったパイロットの話／あ、そうか、やっぱり戦争するのか／そして出撃／整備兵のしごと／目の前の作業にいそがしくて、高揚感も感激もない／「勝ちいくさ」に芽ばえた不安

第3章 1942年、ミッドウェー……71
緊張も苦労もない南方での生活／石油なしに戦争をはじめた日本／命令どおりの作業をいのちがけでやるだけ／まちかまえていた米航空母艦／とり消されない命令／飛龍も被弾／地獄絵図――火の海と誘爆／唯一の生存空間／不気味な静けさ／黒こげのなきがらと退艦命令／役たたずの士官と指揮をとった古参兵／飛龍に魚雷を発射／飛龍にのこった2人／くさった焼き肉のにおい／罪人のような監禁と、大本営のうそ

第4章　国にだまされた……107

いまもむかしも、えらいひとは失敗の責任を末端におしつける／はれて下士官——水兵服からボタンつき軍服に／どこかわからない部隊へ配属／死のトラック島へ／2日間の大空襲／空爆前日に士官はどんちゃんさわぎ／爆撃定期便と穴蔵生活／はだかの部隊といのちのイモ／幻の切りこみ隊長就任／手術／青虫／爆発まで5秒　いのちがけの魚とり／餓死とのたたかい／下っぱは草、士官は銀飯／国はかならず下っぱを見殺しにする／20センチの穴でとむらい／わたしは国にだまされた／トラック島に徴用された受刑者たち

第5章　わたしの子ども時代……147

下士官だったおやじ／おカイコはん／商売じょうずな両親／おやじのびんた／おふくろ、きょうだい／優秀だった弟／山あそび、川あそび、親孝行／キャラメル、ミカン水、ラムネ、とにかくうまかった桑の実／みんな貧しかった／楽しかった秋の祭り／むごい話／小学校で軍国少年に／

国の意のままにうごくように／教育勅語の恐ろしさ／きびしかった観音寺商業学校／三八式歩兵銃を手に／四国一の軍事教練／母親のなみだに「非国民」／おかしいことにおかしいと言えない／下に見られた朝鮮人／地獄を生きた女性たち／志願して海軍へ／「気ぃつけて行っておいでや」

第6章 復員――そして戦後へ……193

8月15日／復員／故郷へかえる／ふくらむ疑問、わきあがる怒り／日本は戦後も変わらなかった／靖国神社考／天皇考／憲法9条考／4000万円を失う／ふんどし一丁で結婚

第7章 老兵の遺言……223

奇跡その1――機銃掃射を受けて／奇跡その2――トラック島の空襲の中で／奇跡その3――レイテ島への潜水艇／生かされとるものの責任／わかものへ／戦争とは「親より先に子が死ぬこと」／戦場に行くのはわかもの／戦争の目的は金もうけ／戦争で金をもうけるのはだれか／戦争をすると決めるのは戦地に行かない年寄り／

国は「美しいことば」でわかものをだます／安全なところにいるヤツ／他国から攻められたらどうする／沈黙は国をほろぼす／戦争にイエスかノーか、最後はあなたが決めて

終章　国は、青年のいのちを求める……245
いつだって大人の保身がわかものを殺す／われわれは、最強の武器をもっている

あとがき……262

参考文献……267

写真　朝日新聞社（それ以外のものは注記）
校正　くすのき舎
編集協力　高橋健太郎
編集　高橋和記（朝日新聞出版）

96歳　元海軍兵の「遺言」

瀧本邦慶
聞き手　下地毅

まえがき

本書の語り手・瀧本邦慶《たきもとくによし》さん(96)は、大日本帝国の海軍兵だった。

海軍に志願したのは1939(昭和14)年、17歳のとき。徴兵制がしかれていた「あの時代」に、20歳の徴兵検査を待たなかったのは、「天皇陛下のために死ぬ。お国のために死ぬ。これこそ名誉」としんじていたからだった。これが「あの時代」の教育であり、「めでたく靖国神社に神としてまつられる」はうたがってはならない常識だった。

海兵団を卒業後、航空母艦の乗組員となった瀧本さんは、いくつかの歴史の現場に立ちあう。41年12月8日の真珠湾攻撃は、太平洋戦争のはじまりだった。

ハワイから帰国後すぐに南方部隊の作戦に従軍する。その後に日本を直撃した空襲・原爆・占領との関係から、対アメリカだけが語られがちな「あの戦争」の目的が、じっさいは東南アジアの石油強奪にあったことがあきらかにされる。45年の「8月15日」に破局で終わる4年たらずの「あの戦争」は、31年からの15年間にわたる対中国侵略の「ひとこま」であった。

開戦から半年間つづいた日本軍の「快進撃」は終わり、戦局の転換点となった42年6月のミッドウェー海戦では沈みゆく母艦から脱出した。

海戦の生きのこりの多くがそうされたように、瀧本さんも「監禁」されたあと、「玉砕」と餓死があいつぐ太平洋の島におくられる。上陸からわずか6日後、44年2月のトラック島大空襲にみまわれ、その後も空襲にさらされる日々をおくった。それは、日本の各都市が焼夷弾に焼かれ、広島と長崎に原爆がおとされる前触れでもあった。

そして敗戦、復員。

こうした現場に瀧本さんはいた。


本書は、その瀧本さんによる回想録だが、「武勇伝」は出てこない。

目的を知らされないままに、ひたすら目の前の作業におわれていたこと。頭上からおちてくる爆弾にふるえ、爆発におののいて逃げまわったこと。トラック島で「餓死の5分前」までおいつめられて、「なんぼ戦争じゃいうても、こんな死にかたはなっとくできない」と絶望したこと。そうしたみじめな場面だけが語られる。

戦争になれば、わかもののいのちは消耗品。いつでもとりかえられる備品。虫けらのように殺されてあたりまえ。それに対して軍の上官は、どのようにして生きながらえたか。政治家は、官僚は、兵器製造会社や商社のおえらいさんはどこにいて、なにを目的に戦争をしていたのか。

瀧本さんは、かれらにいだいた憤怒と殺意とともに、「戦争のほんとうのすがた」「軍隊のほんとうのすがた」を、どこまでも「下っぱ」兵の立場から語る。殺されて当然のものと、安全なところにいるヤツ。ふたつのあいだにある絶対的差別を正当化できるりくつなどあるはずもないから、「おまえが戦争に行け」とつきつける。

本書は、『朝日新聞』大阪版に掲載した聞き書き連載「元海軍兵・瀧本邦慶の95年」（２０１７年4月26日から6月29日まで47回）に加筆し編集したものだ。

聞き手のわたしが、おりにふれて話を聞いてきた戦争体験者の中には、「あの戦争」すなわち15年間のアジア・太平洋戦争について、「自衛のためだった」「アジアを解放するためだった」と正当化・美化するところまではいかなくても、ある種の「なつかしさ」とともにふりかえるひとも少なくなかった。楽しかりし日々であったはずの青春時代を、非人間性のきわみともいえる軍隊や戦場ですごさざるをえなかったのだから、「あの時代」を否定されることは、自分の青春をなきものにされてしまう気になるのだろうと思う。

だが、瀧本さんに、そのような「郷愁」はない。80歳を超えてはじめた語り部活動では、おもに関西の小中高生をあいてに「戦争で死ぬ。これはすべてむだ死にです」とうったえている。戦争を起こしたものへの怒り、おのれのメンツのためだけに戦争をつづけたものへの怒り、これから戦争を起こそうとするものへの怒りだけがある。

「戦死こそ名誉」から、「すべてむだ死に」へ。瀧本さんの考えかたを逆転させた戦争とはどういうものだったのか。軍隊や戦場での悲惨だけではなく、軍隊に志願するまでの道のりも語ってもらうことで、ひとりの人間がどのようにして戦争に巻きこまれていったのか、その結果としてあるべき人生がどれほど狂わされてしまったのかを浮かびあがらせたい。そう考えて、瀧本さんの子ども時代についての記憶の断片も本書におさめた。

瀧本さんが太平洋の小さな島で終戦の報を聞いた1945年から、ことしで73年になる。敗戦時に20歳だったわかものはことし93歳だ。日本の人口にしめる割合は90歳以上が1・64パーセント、95歳以上は0・38パーセントになった。「いまは安心して逝けない。もっと安心してから死にたい」と大声をはりあげつづける瀧本さんのすがたには、ひとは生まれ、老い、死ぬという自然の理に抗ってでもと鬼気せまるものがある。

その瀧本さんは2016年夏、語り部中止宣言をだす。この年の7月にあった第24回参議院選挙は「改憲4党　3分の2に迫る」という結果になった。これに落胆した瀧本さんは、大阪のミニコミ紙「新聞うずみ火」のインタビューにこたえて、「いくら講演活動を続けても何も変わらない。いや、時代はますます悪い方向に向かっています」と理由を語った。

気がつけば、ことばが届かなくなっていた。あるときまではたしかな現実感とともに受けいれられた「戦場でのみじめな死」の話さえも、「そうならないために有事（戦争）への備えを」に回収されるようになった。下っぱの兵にしかなれないものまでが、安全地帯から命令する司令官のたちばで戦争を語るようになった。

　戦争体験者はつねに具体的な事実を語る。殺されていいはずのない人間が殺される。殺す「資格」などあるはずもない人間が、殺されていいはずのない人間を殺す。「敵」を殺すだけでなく、家族をも殺す。「最前線のほんまの状況を知らん」政治家や軍の官僚だったものはいざ知らず、ひとが肉片と化す最前線にいたものほど、ひとつひとつのいのちが踏みにじられた場面から語りをはじめる。

「攻められたらどうする」式の空虚な「安全保障論」「テロ対策」が大はやりだ。空虚だというのは、肥大化する中国の軍事力や、北朝鮮のミサイル・核問題にさわぎすぎだということではない。政治家・官僚・財界人・マスコミ・評論家・学者の顔にすけてみえる「戦場におくられるのは自分以外のだれか」という確信とともに語られているところがすかすかだというのだ。「現実的な安全保障政策」とのたまいつつ、殺し殺されるひとりひとりの現実に向きあうことがないから、主観的には大まじめでも、客観的にはまじめであればあるほどにおごりとたかぶりをかくせないでいる。

「もう1回あの痛みと悲しみにあわないとわからないのか」「もういっぺんくるしい目にあっても、それでも国民はわからんかもしれん」。そう言ってさじを投げた瀧本さんだが、たったひとつの目的のために、ふたたび語りはじめた。

第1章

1939年、下っぱ海軍兵

1941年長崎県、佐世保海兵団の船上体操のようす

ヒヒッ、エヘッ、へへ。

よくそんなふうに、瀧本邦慶さん（96）＝大阪市東淀川区＝はわらう。文字にすると下品だが、実際にはいやらしさがまったくない。いたずらをほこる子どものわらいといった感じだ。

父親に往復びんたをくらった子ども時代をふりかえるとき。「悪いことをしなければいいのに、それでもするから。ヒヒッ」

大日本帝国海軍兵だった戦時中、太平洋の小島におくられた。飢えにおびえながら魚をとろうと海にもぐったときのこと。「魚がぱっぱっと消えていくんですわ。灰色の大きなやつが食うていきよるねん。フカ（サメ）ですわ。こらやばいと逃げました。エヘッ、エヘッ」

戦後、知人の保証人になって4000万円を失ったときのこと。「そういうあほなことをやっておりますねん。ばかやと思われたくないから、あまり言いたないんですが。グフッ」

好々爺のたたずまいは、みずからの戦争体験を語る講演で一変する。

「みなさんに話すのは、これが最後だと思っております。わたしの遺言だと思って、しっかり聞いてください」

背すじをぴんとのばして、1時間でも2時間でも立ったまま話す。

瀧本さんは2008年から、おもに大阪府内の小中高生をあいてに語っている。市民団体からまねかれることも多い。

とんでもない大声だ。ひろい体育館が会場でも「わたしはマイクいりません」と申し出る。おおむね主催者がすでに用意をしてあるから、スピーカーの近くにすわったひとはとんでもない目にあうこともある。

子どものころから剣道にしたしんできたからであり、年齢とともに耳が遠くなってきたからでもあるが、一番の理由は「わかものにどうしても知ってほしいことがある」からだ。だから大声になってしまう。

なにがなんでも戦争反対。どんな戦争でも絶対反対。そんな瀧本さんに96年の人生を語ってもらう。

あれは、17歳の初夏でした。

わたしは昭和14（1939）年6月1日、海軍の佐世保海兵団（長崎県佐世保市）に入団しました。一兵卒としてはいりましたから、最下級の四等水兵、一番の下っぱですわ。

はいったその日でしたか、水兵服と水兵帽を支給されました。下着とかももらったと思いますわ。でもな、ジョンベラ（水兵服）なんて着ることはほとんどありませんで。着とったらしごとにならんもん。これは外出するときだけですわ。ふだんは事業服ですごすわけです。これも海兵団でもらう衣嚢《いのう》な、たてに長いふくろですわ、これに夏服も冬服もみんなまとめてしまうんです。ひっこしのときは衣嚢ひとつを肩にかついでいくだけや。

このころの男子は、おとなになったら軍隊にはいるもんやと決められとりました。ふつうは20歳になって徴兵検査を受けるでしょう。わたしは「どうせ軍にとられるのならば早めにはいったろう」と思って17歳で志願することにしたわけですわ。

日本の徴兵制は1872（明治5）年の徴兵の詔・徴兵告諭と翌年の徴兵令にはじまる。瀧本さんの時代は、1890年施行の大日本帝国憲法（明治憲法）20条「日本臣民ハ法律ノ定ムル所ニ従ヒ兵役ノ義務ヲ有ス」と、徴兵令を改定した1927（昭和2）年施行の兵役法によって、20歳になると徴兵検査を受けなければならなかった。これとは別に志願制度もあり17歳から受験できた。いずれの対象年齢も、戦争の深まりとともにさげられていった。

「よっしゃ」のひとことで兵隊に

香川県の三豊郡桑山村（いまの三豊市）がわたしの国ですねん。その年（1939）の2月、桑山村のとなりの観音寺町（いまの観音寺市）に試験を受けにいきました。観音寺の公園に公民館があります。そこで受けましたんやわ。

ふんどしすがたでならびます。いすにすわっとる軍医のまえにひとりひとり順番にいきます。ふんどしをぬぎます。はずかしいがな。冬だから寒いがな。ストーブとかはぜんぜんありません。でも、はずかしいのなんの寒いのなんのとそんなこと言うてられへん。こっちは緊張しとるしな。

まず上体の検査です。軍医に胸をトントンとされます。性病の検査もありますで。おちんちんをぎゅっとしごかれてな。かりに性病かなんかやったら膿が出るらしい

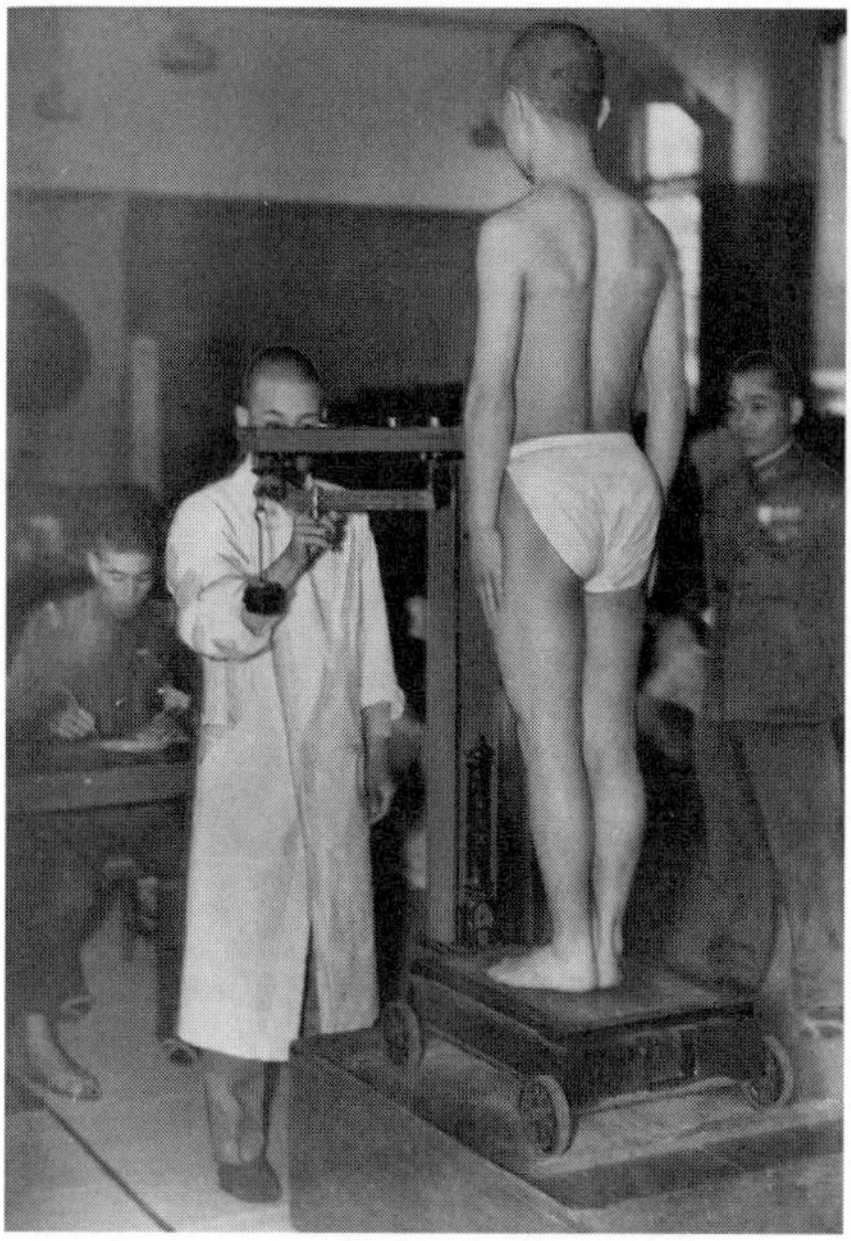

徴兵検査のようす。写真は神戸（1942年）

な。するとおまえは性病やとわかるんですって。わたしはなにも知らんかったし、こんなことをやられたのはじめてやから、されるがままや。それから体をひっくりかえされて肛門をのぞかれてな。ほいで「よっしゃ」とけつっぺたをたたかれるんですわ。基本それだけです。

ほかの試験もあることはありました。屋根からたれさがっている縄を片手でにぎって両足をあげてぶらさがります。これを右手でも左手でもやって時間をはかるわけです。おそらく握力をみとるんでしょうな。

かんたんな筆記もありましたわ。そのころの義務教育は小学6年生まででしょう。わたしは上の中等学校を卒業していましたが、多くの子どもは6年生どまりですやん。だから筆記もやさしいもんや。そもそも兵隊にするんやから体力があればいいんですわ。このころはこんな程度で軍隊にとられたわけですわな。

海軍は競争社会

佐世保海兵団の門をくぐりました。感激なんてありません。「これがあの海兵団かあ」「これから新兵生活がはじまるなあ」てなぐらいのもんですわ。この海兵団で船乗りになるための基礎訓練を受けるわけです。軍人精神もたたきこまれます。いわゆる新兵教育ですね。

横須賀・呉・佐世保と3カ所ある鎮守府の中で、佐世保がもっともきびしくて気風があらいと言われておりました。その佐世保にある海兵団やからね。「どんな訓練が待っているのか」

とも思ったかもしれません。こわくはなかったですわ。かくごの上ではいっとるんやからな。といってても緊張はのこっておりましたかな。

鎮守府は軍港におかれ、担当する海軍区をまもっていた。舞鶴鎮守府はいったん廃止後の1939（昭和14）年12月に再開され、旅順（いまの中国・大連市）にも一時あった。鎮守府には新兵教育をうけおう海兵団もおかれていた。太平洋戦争の末期になると海兵団は各地に増設され、最終的には18団（分団ふくむ）にまでふくらんだ。新兵教育は徴兵が4カ月半、志願兵は5カ月半だったが、これも戦局の悪化とともに短縮されていった。

新兵教育はおよそ6カ月間です。半年間いうたらたいへんなんですわ。カッター（短艇）を船にあげたりおろしたりの基礎からはじまって、手旗で信号をおくったり縄をむすんだりと海軍独特の運用術が全部あります。

佐世保の軍港の奥に日露海戦（1904～05年）で花形だったという戦艦が係留してありますねん。「敷島」でしたかな。その中にはいって見学もしました。エンジンのしくみを見てな。整備のやりかたも見てな。陸戦の教練もありましたで。海軍というても海の上で戦争するだけやなくて、陸にあがる陸戦隊というのもあります。だから陸軍のこともひととおりさせられま

もっとも気風があらいと言われた佐世保海兵団の訓練

すねん。

寝たり起きたりは陸上にある兵舎でするけれど、船の中を想定してハンモック（釣床）をつかいます。ハンモックちゅうのはね、これがきついんですわ。釣りかたと格納できたえられますねん。

朝はな、タッタカタッタカタッタッターとラッパの音がひびくわけです。ピーと笛の音がします。「総員おこし」ですねん。とび起きます。同時に「釣床おさめ」や。ハンモックを結束ロープでたたたーっとやって、かーっとやって、ほいで収納してな。これに何秒かかるかが問題や。すべてタイムとりよるわけや。おそかったらどつかれますしな。いちいちひもでくくって、またほどいて、競争に負けたらやりなおしをさせられて。3回も5回もやらされますしな。

それから兵舎の床みがきもあります。朝っぱらからへとへとや。夜は夜で終礼のラッパがなるわけや。これも笛の音でハンモックのところに行って、ひもをといて、ひっかけてと寝る用意をします。もちろん競争です。

海軍というのは、はいったその日からすべてが競争ですねん。徴兵されたものは決められた3年の服務期間がすぎると満期となって家にかえります。一方で、わたしのように志願してはいったのは海軍で身をたてようと思っとるわけでしょう。ひとよりええ成績をとりたいきもちがつよいんですわ。はよう昇級して楽したいですやん。親をよろこばせたいですやん。そのために努力するわけですけれどね。

とにかく海軍は競争がはげしいところです。寝床つくるのも競争ですやん。水泳にしたってなんにしたって競争や。個人単位・班単位・分隊単位となにからなにまで競争や。朝に目がさめてから晩に寝るまで競争や。まことに強烈な競争社会です。海兵団はかけ足が原則と言われておりました。そもそも新兵の中に歩いているもんなんておらんですわ。目がさめとるあいだはうごきどおしですねん。肉体的にも精神的にもなんの余裕もありません。

地獄のカッター訓練

新兵の分隊がひとつあるでしょう。分隊長は特務大尉がつとめています。この分隊の下に教班があります。1班は十数人てなもんですわ。教班長は古手の下士官《かしかん》ですわ。それが12班ぐらいあつまって分隊になりますねん。

カッター（短艇）を漕ぐ訓練をする新兵

一番きっついのはカッター訓練ですわ。かあ〜、これがな、たいへんですねん。30人も40人も乗れるような大きなカッターを1班だけでこぎます。長さが2間半ぐらい（約4・5メートル）のオールをこいでな、佐世保の軍港を出てな、大村湾の島のあいだをぬうていくんですよ。たちまち手の皮がむけますやん。尻っぺたもぼろぼろになりますやん。オールをかいたときにやな、先っぽが水面に引っかかるとブレーキになるでしょう。体が押されてカッターの中でひっくりかえりますやん。そのときはどつかれますねん。ここでも競争や。よその教班に負けたらね、教班長がな、カッターの中の海水をかきだす桶でひとりひとりの顔に海水をぶっかけますねん。それから一番つらい昼飯ぬきとかね。

上官のために手あらい場にダッシュ

わたしは教班長のせわ係も命じられたんですわ。教班長は鹿児島のひとでね、すもうがつよかったですわ。あまり怒ることはなくて、わたしにはよくしてくれましたで。それでもせわ係のしごとそのものはえらいもんですねん。

「訓練おわり！　解散！」。するとせわ係だけがやな、練兵場から兵舎にかけ足でかえってやな、4階までかけあがって洗面器を用意します。それから兵舎の各階にある手あらい場に走っていって、教班長のために手ぬぐいとせっけんをセットします。手あらい場は長いんです。真ん中あたりが「いいところ」とされていたので、そこを教班長のために確保する競争ですわ。順番がおそかったらはしのほうになりますねん。がんばりましたわ。手あらい場の真ん中のなにがどう「いいところ」なのかは、いまでもさっぱりわかりません。海軍では理由を知る必要はないんです。早いもんが真ん中。そう決まっとるだけです。

罰直《ばっちょく》を受けたこともありますわ。罰直いうのは隠語らしいですな。私的制裁（リンチ）のことです。

これは海兵団にはいってしばらくした夜のことですわ。班の中から1、2人が不寝番になって兵舎を見まわりするんですわ。回ったら、ちっさい椅子にかけて休んで、ほいでまた回ってな。わたしが海兵団にはいったのは夏だったので、昼間の訓練で体はへとへとですやん。ふと、椅子で寝とったわけです。それをほかの教班長に見つかったんですわ。腕たてふせの姿勢を一晩中やらされました。しんどなってけつがさがってきたら棒でバーン。汗がボトボトおちて手の下に水たまりができます。手がすべります。できません。それでもやらなあかん。教班長は「やめ」と言わんですねん。また棒でバーン。これはつらかったなあ。ま、いねむりした自分が悪いからしかたないんやけれどな。

海兵団いうたら基本は教育の場ですねん。その後に乗った軍艦よりはましでしたが、それでも飯ぬきなんてのはあたりまえですわ。

軍人勅諭の歌

海兵団の食事はいけましたよ。腹いっぱい食べられましたから、おなかがすくことはまずなかったですね。わたしはやせの大ぐいやったけれどな。もちろん銀飯（白米の飯）とはちがいます。麦飯です。そのほうが体にはいいんでしょう。士官のやろうどもは銀飯を食いよったけれどな。さしみ～？　海の近くだから～？　そんなもん出るわけないじゃないですか。野菜はだいじだから食わしますね。船に乗ったら乾燥野菜になりますねん。

日曜日になると半舷上陸というてな、われわれ新兵の半分だけが外出できるわけですわ。外に出たら食べるんですわあ。甘いもんを食べて食べて食べてね。体がつかれていますやん。甘いもんが欲しいんですわ。この感覚は海兵団を出て実施部隊にはいってからもつづきました。

海兵団にのこっている半分は軍歌をおぼえる勉強や。昼ごろに集められて、運動場に整列させられて、総員で稽古ですわ。日が暮れるのなんてあっというまです。いの一番にならうのが

「軍人勅諭」の歌ですねん。いまも歌えますで。

軍人たるの本分は

心は忠に気は勇み

義は山よりもなお重く

死をば軽しと覚悟せよ

これは一番だけですけれどな。

明治天皇(1852〜1912)が1882(明治15)年にくだした「陸海軍軍人に賜はりたる勅諭」は、軍人精神の支柱として新兵教育でたたきこまれた。「我国の軍隊は世々天皇の統率し給ふ所にそある」ではじまり、「義は山嶽よりも重く死は鴻毛よりも軽しと覚悟せよ」と説いた。太平洋戦争開戦時の首相東条英機(1884〜1948)が、陸相時代の1941年にしめした戦陣訓の「生きて虜囚の辱を受けず」とならんで、天皇への忠誠と上官への絶対服従の精神を兵にうえつけた。

ほかにも海戦の歌とかたくさんありました。こうして歌をおぼえることで軍人としての自覚をもたせるわけです。つねに軍人として緊張していろよということに歌がつかわれたわけですな。ほんとうかどうかは知りませんが、軍艦マーチは世界的な名曲らしいですね。文句そのものはあたりさわりのないものだけど、メロディーがな。海兵団でそないに聞きましたわ。

わたしは好きな軍歌もあるんですわ。「艦船勤務」です。これもおぼえておりますで。ものすごくメロディーがいいんですわ。

四面海なる帝国を
守る海軍軍人は
戦時平時の別ちなく
勇み励みて勉むべし

これも一番だけですけれどもな。

競争競争の海兵団の中にも親友がおりました。わたしとおなじ昭和14（1939）年にはいった沖縄出身の「あはれん・そうこう」という名のひとです。もちろん同期です。としも17歳でおなじやったと思います。

「あはれん」は阿波連と書きます。「そうこう」は宗考か宗孝か……字はおうているかわかりませんが、「あはれん・そうこう」というなまえは忘れません。沖縄出身の戦友というたらめずらしかったしな。

一番の下っぱというても人間や。ああ、こいつとは仲がええな、あいつとは仲が悪いなとわかるでしょう。仲がええとおたがいに近づきますやん。阿波連とは仲よかったんですわあ。ほかに高江洲さんもおりましたけれどな。とにかく阿波連はおとなしくて性格がごっついいいんですわ。沖縄の空手をやっているんですよ。わたしにも手ほどきしてくれました。だからわたしのきもちにのこっておりますねん。海兵団の中で腹をわって話をしたのは阿波連だけですわ。海兵団を卒業したら、わたしと阿波連はばらばらになりましたから、それでつきあいもしまいですわ。どうのこうのいってもわたしは戦場からかえってきたでしょう。阿波連はどうなったのか。多くの戦友とおなじように戦死してしまったのか。それとも生きて国にかえれたのか。

軍艦「八重山」へ

およそ半年後の11月10日、佐世保海兵団を卒業しました。あっというまでしたわ。これでわたしは海軍三等水兵です。右肘には立錨の階級章がぬいつけられとります。やっと海軍の一員になれたなあと感激したもんです。

いよいよ実施部隊への配属です。海兵団の分隊で発表された勤務先は軍艦「八重山」でした。この勤務先をやね、決めるのはだれやとか、どんな方法で決めとるのかとか、そんなことはまったくわかりません。「おまえはこっち」の一言でおわり。こんなところに行きたいなんて希望はいっさい言えません。

八重山というたら機雷の敷設艦ですわな。母港は佐世保ですねん。このときは中国沿岸で作戦行動中だというので、わたしは佐世保を出港する商船に便乗して中国に向かいました。途中で八重山は台湾の基隆港にはいると連絡があったので商船も基隆港に向かうことになりました。基隆港についてがっかりですわ。大きな軍艦に乗るんやろなと期待しておったら、八重山は1380トンしかありません。全長も100メートルもありません。そらやっぱりでっかい軍艦に乗りたいですやん。あの「大和」だと6万9000トン、263メートルあります。海軍で軍艦というたらな、船の舳先に菊のご紋がついとるものだけです。そのほかの駆逐艦とかは艦艇とよんどるんです。ま、八重山は菊花紋章ついとるから、ちっそても軍艦は軍艦や。喫水があさくて艦底がひらたいので、とてもがぶる（ゆれる）軍艦でした。もうね、がぶるがぶる。

あたらずの高角砲の係に

八重山に乗艦してすぐに本格勤務がはじまりました。新兵はわたしをふくめて4人しかおりません。乗組員は長い作戦行動を終えたばかりというので気があらくなっていて、まったくおそろしい思いをしました。女っけはないしな。生きたここちしなかったですわあ。

わたしともうひとりの新兵は第一分隊に配属されました。ここは対空高角砲の担当ですわ。

艦上で高角砲の操作訓練をする兵士ら。写真は呉海軍（1935年）

高角砲いうのはな、砲弾をうちあげて飛行機をおとすやつです。班長は海軍砲術学校の高等科を出とったんですわ。まあ成績よかったんやろな。八重山は機雷の敷設艦やから、積んどる兵器というたって高角砲がまえとうしろに1門ずつあるだけですやん。わたしはその係やったんです。第二分隊は機雷を敷設するところです。それがこの艦の本命ですからね、人数もようけおりますやん。

訓練がはじまります。配置につきます。班長が高角砲の座席にすわります。わたしら下っぱは砲弾をもってきます。かりに上空1000メートルのところを飛行機が飛んでいるとしますね。はかったら1000メートルや。ゼロがみっつもあるでしょう。八重山ではゼロふたつを省略して「いちまる」と言うたんですわ。1500メートルなら「いち、ご」やな。ほいで士官の分隊長が「いちまるっ」と言いますねん。わたしらが「いちまるっ」と復唱して信管を調整するわけや。砲弾が1000メートルあがったら爆発するように調定するんですわ。それから砲弾を込めてやな、ほいでうちよるわけや。

高角砲いうのはね、飛行機に砲弾をあててうちおとすのとちがうんやからね。砲弾が1000メートルあがったら、飛行機と距離があっても爆発しよるから。ほんとうは飛びちった破片かなにかが飛行機にあたるかなんかせなあかんのやけど、むこうもえらいスピードで飛んどるからな、そないにうまいこといきますかいな。あたりません。ほんまにあたりません。

この高角砲の訓練をようやりましたわ。赤い布でつくった標的をやな、飛行機に200～300メートルぐらいのひもをつけて引っぱって飛ばすんです。その赤い布をねらって高角砲をうつんやけれど、ひとっつもあたりません。あとで話しますけれどね、ミッドウェー海戦のときもあたりませんでしたで。あたらんもんやなということをいやというほど経験しました。訓練でも実戦でもうちおとしたことなんか1回も見ません。高角砲に「効果」があるとすれば、おどしぐらいのもんじゃないですか。

戦闘訓練よりつらい内務

八重山での訓練も、戦闘のための訓練だけやったら楽なもんです。わたしたちは戦争するのが目的で軍艦に乗っとんのやから、毎日のしごとは戦闘訓練ですわな。戦闘配置につきます。

砲弾を持ってきます。込めます。うちます。そんなものはしれとるわけです。決められたことをすればいいからへっちゃらですねん。たやすいもんですやん。

ところがや。ちがうんですわ。

戦闘訓練なんかさておいて、新兵のしごとはまずは「内務」や。この内務が問題や。戦闘訓練をのぞいた日常生活すべてを内務と言いますねん。

八重山に乗って最初の2週間ぐらいでしたかな、先任の下士官がわたしたち新兵の教育係につくんですわ。艦内新兵教育といって艦内での要領をなんのかんのとおしえてくれるんですが、ここで徹底的に内務をたたきこまれるんです。

班の中に下士官が3人ぐらいおります。班長は先任の下士官やし、あと2人ぐらい下士官がおりますわ。下士官というのは、わたしら下っぱ兵をにらんどる存在ですわな。そういうひとの身のまわり全部をみないといかん。この内務が下っぱの日常のすべてをしめます。


海軍の階級は上から士官（将官→佐官→尉官）→特務士官→准士官（兵曹長）→下士官（兵曹）→兵となっていた。下士官は最下級の武官（職業軍人）として瀧本さんら末端の兵を直接指導・統率した。

朝に起きると、まず体操、それから甲板あらいがはじまります。すぐに食事の用意・あとか

たづけ・洗面器みがき・靴みがき・洗濯・水くみ・夜のハンモックの用意……と夜に寝るまで、なにからなにまで下士官のおせわをします。まるで女房みたいなもんやから。

船酔いがあるでしょう。ほらきついですわ。めしも食えたもんじゃないですからね。でも、どれほど船酔いでくるしんでいても、お客さんやないんだからしごとはまったく待ったなし。内務をせなあかん。

洗濯なんかはな、自分のセーラー服をあらうよりも、班長のやら古参兵のやらのを先にあらわないといかん。海の上での生活でしょう。真水は配給制ですからね、量もかぎられていて貴重品です。自分の服をあらうころにはのこっていませんやん。かといって班長らの服をあらうときに水の量をしぶるとやな、せっけんがのこるしやな、そうすると服の色がかわってくるしやな、あらいかたが悪いともんくを言われるしやな。ほいからなぐられます。だからていねいにせなあかん。自分の服は……ほらごまかすしかないですわな。

海軍伝統のリンチ道具バッター

わたしのおやじもむかし、海軍におりましたんや。そのころからなのかはわかりませんが、海軍にはものすごく悪い伝統がのこっておりました。それ、知りませんでした。なにかというたらね、いじめです。それこそ新兵のしごとはなぐられることというてもおかしくありません。

樫の木をけずった太い棒があります。軍人精神注入棒ですね。海軍では「バッター」とよんでいました。野球のバットよりちょっと長くてね。これが分隊においてあるんです。

両手をあげさせられて、まえかがみにさせられて、尻っぺたを思いっきりなぐられるんです。ホームランを飛ばすみたいに力まかせにやるんやから、やられたもんは3メートルぐらい吹っとびます。気のよわいものは1発で気絶します。3発のときもあるし5発のときもある。痛いなんてもんじゃありません。そんななまやさしいもんかいな。1度やられると3日間はまともに歩けません。尻の肉がはれあがります。ぱんぱんにかたくなって紫色になります。便所でも腰をおとせません。ハンモックで寝るときも上むきになれないから横むきか下むきになるしかありません。

この痛さはやられてみないとわかりません。はんぱじゃないんですね。わたしたち新兵は、古参兵から毎夜のごとくもんくを言われます。「今晩、整列」と号令がかかるわけですわ。倉庫のまえにとおり道があります。廊下ですな。そこによびだされます。お決まりのバッターや。整列というのはバッターとおなじ意味ですわ。お尻やからね、ちょっと上にいくと腰骨じゃないですか。あたったら骨が折れてしまいますやん。それで死んだ新兵もおったと聞きました。たたかってけがをするのは、これは軍隊だからしかたない。いじめが原因ならばなんのための軍隊や。人間の体はここまでよくたえられるものだと「感心」するぐらいめちゃくちゃに打たれます。やられた回数はおぼえておられますかいな。こぶしでなぐられるのは日常茶飯事や。「歯をくいしばれ」ってね。でもやっぱりバッターや。

バッターは失敗したときにはもちろんやられます。失敗がまるでなくてもやられます。だれかの失敗の連帯責任のときもあります。おもしろ半分になぐられるんです。そのときの空気で決めよるんですわ。わたしは海軍にはいるまえの中等学校で剣道をやっとったからな、なぐられることには少しはなれております。辛抱もします。だけどふつうはな、1発でよろよろとこけますやん。たおれたらむりやり引きおこされて、また打たれます。とても正視できるものではありません。

第一分隊の新兵はわたしともうひとりの2人でしょう。たいがいわたしが先にやられましたわ。自分のやられる数がすんだらこっちにきて待っとるわけや。同年兵はおとなしくて体にちょっと元気がないやつでな。バーンとやられて予想どおり3メートルぐらい向こうにすっとびました。たおれました。むりやり起こされてね、こうしてつかまえられてね、また古参兵がバッターをやろうとするわけですわ。3発のときだったから2発のこっているわけですわ。あまりにかわいそうでだまっておれなくなったんや。わたしは3発すんどるんですけれどね、まえに出たんですわ。「かんにんしたってください。のこっているぶんはわたしをやってくださ い」と言いました。わたしは合計5発や。いっぺんそんなこともありましたわ。

たちの悪い古参兵

夕食がすむと「酒保《しゅほ》」があきます。いまでいうたら駅前の小さな売店みたいなもんです。八重山にもすみっこにあるんです。たばこ・缶詰・おかし・飲みものなどを売っとるわけです。「酒保をひらけ」と号令がかかりますわけや。ほいたら「おい、あれ買ってこい」と古参兵に言われます。わたしら新兵は「はいっ」と酒保にすっとんでいきます。自分ではなにも食われへん。つかいっぱしりばかりや。買うて食べたらえらいこっちゃ。「貴様あ〜、新兵のくせに食らいやがって」とこんなもんですからね。ほいでバッターや。

古参兵の中でも、同年兵が下士官になっとるのに自分は昇進がおくれていてきぶんが悪いヤツがおるでしょう。そういう古参兵がうるさくて、たちが悪いんですわ。とくに意地悪だったのが、わたしとおなじ班のナカジマです。こっちは三等兵でしょう。徴兵ではいったナカジマはとしをくうとる2年先輩の一等兵や。こいつは陰険やったなあ。意地悪やったなあ。いまだに忘れられん。酒を一杯のんでやな、なんにもなくてもネチリネチリネチリネチリ言うてね。怒るなら怒る。注意するなら注意する。どつきたいならどつく。やりゃあいいでしょう。それをネチリネチリと言うてね、時間ひっぱってね、あげくのはてにバッターをやるわけですわ。

ぞうきんのしぼり汁を飲んで

新兵は茶も水も飲めないんですわ。

食事のときはね、「烹炊所《ほうすいじょ》」に飯をとりにいきます。班員12人がテーブルにあつまります。こっちに班長がすわっておりますわな。ほいで下士官がおって、わたしら兵がおるわけです。

まず班長らの食事のしたくをするでしょう。班長らはすわって待っているだけだから食べはじめますやん。それからわたしら新兵は自分の食事の用意をするわけですわ。

ところがね、食べようと思ったら班長らはすんどるんですわ。すぐにかたづけをせんといかんでしょう。そうじもせんとだめでしょう。新兵は一番あとから食べはじめて一番さきに食べおわらなあかんねん。茶も水も飲む暇がないんですわ。飲んだらのんだでおおごとや。「貴様あ〜、新兵のくせに茶なんか飲みやがって」とこんなもんですからね。またまた夜にバッターですわ。

朝もはようの「総員おこし」から晩の巡検（人数確認）と消灯まで一日中きりきりまいしてやっとんのやから、のどがかわくじゃないですか。水ぐらい飲みたいですやん。どないします。

海軍では毎朝、「内舷《ないげん》」そうじといって船の中をぞうきんがけします。よごれたぞうきんを真水であらうでしょう。水は黒く汚れてどろどろになりますやん。ふつうは捨てます。それを捨てにいくまねをして倉庫にかくしておきますねん。ほいで晩になって古参兵が寝てから、わたしたちはこそこそ倉庫に行って黒い水を飲むんですよ。

いま思たらな、よう病気にならなかったと不思議ですねん。思いだすだけでぞっとしますわ。

これが海軍の伝統や。海軍いうたらなにからなにまでそんなんや。なにが伝統か。悪い伝統やないか。なにが生死をともにする戦友か。これでどうして心をひとつにしてたたかうことができるのか。つくづくそう思いましたな。

わたしの恥になりますけれどな、なんべん泣いたことか。いかに剣道できたえたわたしでも、海軍のいじめには辛抱できません。真夜中の甲板に出ます。まわりに船がようけとまっております。海面がゆらゆらゆれております。水面にうつる月もゆれています。それを見ながら両親や故郷をしのんでなみだをながしたもんですわ。こらえきれんでな。あんまりにもつろうてな。でもおふくろには知らされへんしな。心配するから。

すがたを消した同年兵

八重山が港に停泊しても、わたしら新兵は船の外で泊まれません。かえってこないかん。それでも半舷上陸は唯一の楽しみや。上陸したらな、ようかんとかもちとかな、甘いものばっかり買うて食べましたわ。食べたい。とにかく食べたい。新兵のあいだはそればっかり。色気なんかぜんぜんありませんで。映画をみるなんて時間がもったいない。食い気一本ですわ。

それにな、へたに町をうろついていたらえらいことになります。とくにこわいのが巡邏《じゅんら》ですわ。下士官クラスの下に兵が3人ぐらいかな、こいつらが4、5人で隊列くんで港町を見まわっているんです。憲兵みたいな感じですわ。憲兵は陸軍のもんですが、巡邏は海兵団の番兵として軍港を中心に取りしまっておるわけです。

こいつらは大きな権限をもっていますからね、ほらいばっとりますわ。兵と巡邏なら巡邏のほうが絶対にえらいねん。わたしたちから超越しとる立場におるわけです。巡邏がきとると遠くからでもわかります。わたしらはぴしゃーと直立不動になってな。最敬礼してな。欠礼なんてできますかいな。絶対にできません。にらまれたらえらいことや。どんないちゃもんつけられるかわかりません。敬礼は海軍のばあいは脇をしめてするんです。せまい船の中での生活を考えてのことですね。とにかく気のやすまる暇がないんですわ。

これが下士官になったら待遇がころっとかわります。「下士官と兵」ということばがあるぐらいですわ。ほいで下士官は「入湯上陸二分の一」ですねん。きょうは軍艦にのこる日だとすると、あすは外泊や。「二分の一」はそういう意味ですねん。港町に下宿をかりて外泊できるんやから、そうすると嫁さんももらえるでしょう。

のちにわたしも下士官になりましたけれど、すぐに戦地へおくられましたから恩恵は受けておりません。ついてないですわ。下士官のねうちがあるのは内地におってこそですねん。わたしにおもしろい目はぜんぜんなかった。下士官の中の一番上にも昇進しましたが、それも南洋の小島におるときです。餓死寸前になりましたわ。えらい目にあってばかりで一番の損ですねん。

海軍はね、士官学校を卒業した士官と、下っぱらその他おおぜいの下士官兵とにわかれます。士官はえらいさんのこと、下士官兵は下士官と兵のことですね。このふたつにわかれとるわけですね。とうぜん下っぱの人数が多いわけです。

――海軍はきびしい階級社会だった。士官になるには海軍兵学校・海軍機関学校・海軍経――

理学校の「生徒三校」を出なければならず、ここを卒業すれば下士官をとびこえて少尉候補生となった。大尉や少佐らがさらに上に行くために学ぶ海軍大学校もあった。
徴兵にしろ志願にしろ兵は士官になれなかった。ごく少数が特務士官に選ばれることはあったが、権限も待遇も正規の士官とはきびしくわけられていた。

上陸しても、わたしら新兵は夕方の5時と決められておったら5時までにかならず波止場にかえってきとかないけません。軍艦からむかえにくるエンジンつきの内火艇を待つのが決まりですねん。帰艦時間におくれたらえらいこっちゃ。だから船着き場はもう押しあいへしあいですねん。

それなのにな、30分ぐらいまえにはかえってこんといかんのに、あるとき、同年兵のすがたがないんですわ。そのままかえってきませんでした。おそらくな、八重山のいじめに耐えられなくなって逃げたんでしょうな。わたしが軍隊にいるあいだにつかまったという話は聞いてないんですわ。逃げられるもんではありませんから、同年兵は自殺したと思っております。

海軍刑法には反乱の罪・辱職の罪・抗命の罪・逃亡の罪などが規定されており、軍法会議で裁かれた。上官の命令に反抗したり持ち場をはなれたりすることは重罪であり、とくに「敵前ナルトキ」の行為はきびしく罰せられた。作戦に出港する船に乗りおくれることも第75条の後発航期（艦船発航ノ期ニ後レタル）にあたり、逃亡の罪と同様の重罰が科された。

海軍刑法で一番重いのは敵前逃亡や。たぶん死刑になるんでしょうけれど、どんな刑罰が待っているのか、わたしらはぜんぜんわかりません。というのもな、こうした法律を海軍でおそわることはほとんどありませんねん。内容なんて知りませんで。ならう間《ま》もありません。こんなもんは憲兵の一部とか軍隊の法務関係が知っとるだけですやん。われわれは「船からはなれたらえらいことになる」と頭からおどされとるだけです。

同年兵がいなくなったあともわたしへのいじめはつづきました。古参兵にしてみれば、自分たちが新兵のころにやられたことをやりかえしてやろうといううきもちだったのでしょう。これが当時は世界一と言われていた海軍のすがたです。とにかく下っぱのことはおなじ人間としてみないということが軍の根柢にあります。人間としてみられるのは士官から、つまりえらいさんから。下っぱとえらいさんのあいだに人間としての話し合いは1回もない。命令を聞くのみだと人間としてのしたしみがないじゃないですか。軍隊は冷たい。とにかく冷たいところです。

いまから考えるとね、日本の軍隊ほど人命を軽視していたところはないと思います。「貴様たちがいくら死んでも一銭五厘のはがき1枚ですぐに補充できる。痛くもかゆくもない」と上官からなんべんも聞かされていました。

召集令状は市町村の兵事係が対象者にとどけ歩いた。はがきの値段が1銭5厘だったのは1899（明治32）年から1937（昭和12）年までで、その後は値あがりしている。軍の「一銭五厘のはがき」は、「かんたんに補充できる」「やすいいのち」の兵のたとえとしてつかわれていた。

「一銭五厘」の話は佐世保海兵団でもしょっちゅう言われてましたで。教班長に言われるわけですわ。教班長の中にもばかがおるからな。その器じゃないのに満期前だからと教班長になったヤツなんかがいばるんですわ。わたしに言わせればな、優秀なひとやったらとっくに戦地におくられていますやん。内地にのこされておるということは役立たずだからということや。

軍人勅諭の中にはな、「上級の者は下級のものに向ひ（略）務めて懇に取扱ひ慈愛を専一と心掛け上下一致して王事に勤労せよ」ともあるんですわ。わたしが知るかぎり、こんなこと露ほどもありません。とにかくね、海軍では下っぱの兵卒は人間じゃありませんからね。物です。そこらへんの備品あつかいです。死んでもいくらでも補充できる物です。人権なんてぜーんぜんありません。そんなことばもありません。とにかくぶったたかれるだけですねん。このことを八重山で痛いほど思いしらされました。

なぜ上官の命令が絶対か

もうね、生命の危険を感じるほどいじめがすごいんです。でも、どんなに理不尽ないじめでも反抗することはできません。絶対にできません。絶対です。絶対。そもそも不満やら意見やらを言える雰囲気とちがいますやん。たとえば、水が飲めないことはいのちにかかわります。それでも「飲みたい」なんて絶対に言えません。軍人勅諭をたたきこまれておりますからね。わたしら海軍は戦陣訓は薄いんですわ。軍人勅諭のほうがつよかったんですわ。「下級のものは上官の命を承ること実は直に朕《ちん》か命を承る義なりと心得よ」ですからね。上官の命令は朕の命令として聞け。天皇のことばだからもんくを言うな。こうですからね。

なにがチンや。チンがチンがと2回やったらチンチンや。いまやったらおもしろ半分に言いますけれどもな。

もの言えぬ空気

海軍のいじめにはな、けっこうな誤解があると思います。士官つまり将校らえらいさんが下っぱの兵隊をいじめるのとはちがいますよ。士官になったらほとんどやりません。そもそもわたしたち下っぱが士官とことばをかわすことなんてないもん。これしろ、あれしろと命令されるときに返事をするぐらいで。それもめったにありません。だって士官からみたら下士官兵は人間じゃないからね。目もあわせてくれません。

いじめは兵隊同士でやるわけです。「昇進がおくれていてきぶんが悪いヤツ」がおるといったでしょう。こういう手あいがとくにいばってしまつが悪いんですが、ほかにもいじめを楽しむヤツがぎょうさんおりますねん。おなじ水兵といっても志願と徴兵とがあるでしょう。これを半年ごとにくりかえしているわけです。この半年の差が絶対的にものをいうんですわ。


このころの海兵団への入団日は、徴兵が毎年1月10日と6月30日、志願兵は6月1日というふうにわけられていた。


この半年の差は膨大なもんですからね。上官の命令は天皇の命令だからね。口ごたえなんかとてもとてもできません。この半年とか1年とか先に入隊したヤツらが、あとからはいってきた新兵をいじめるわけですわ。新兵の中に娑婆《しゃば》でヤクザをやっとったもんがいたとします。ヤクザのヤの字も口にだしませんわ。通用しないから。新兵は新兵やということですわ。

バッターのほかにも鉄拳がありますでしょう。やられるほうはもちろん痛いけれど、やるほうも痛いですやん。手が紫色になりまっせ。だからバッターをやったほうが楽なんですわ。でもバッターと両方のときもありますからね。

どないするか。たとえばわたしは新兵の1年生とします。倉庫のまえの通路に整列させられます。3年生のヤツらがもんくを言うて、それから2年生に「あごをぶっぱなせ」と命じます。理由はなんでもよろし。ほいで2年生に1年生をなぐらせるわけや。なぐらなあかんようにしむけてくるんです。わたしらは奥歯をかんでね。1年生だけがなぐられることもあれば、1年生と2年生がなぐられることもあります。下級のものがひっくるめられてバッターをやられるときもあります。

これですわ。兵隊が兵隊を肉体的にも精神的にも追いつめていくわけです。これが軍のいじめの本質ですねん。士官どもは、下士官兵の中で処理せいと見てみぬふりしているだけです。とにかく軍の中ではなぐられてばかりです。なぐられんようにはどうすればいいのかを考えることのほかに考えることはなくなります。同年兵以外はみんな敵ですねん。大きな船ならばいざ知らず、八重山のような小さい船はもともと同年兵は少ないでしょう。まわりは敵だらけや。うっかり不満でも口にしようものならたちまち密告されてしまいですやん。だれも信じられなくなります。相互監視。疑心暗鬼。こうして、ものを考えない兵、ものを言えない兵、絶対服従の兵ができあがっていくんですわ。

八重山からの「脱出」

とにかく海軍いうところはこまったもんでした。なかでも八重山のいじめはひどかったと思います。おなじ海軍というても船によってしきたりがちがいますねん。きつい軍艦、ゆるい軍艦、多少の差、程度の差といろいろありますやん。乗組員が少ないところほど目につくからきびしいんですわ。多いところはゆるいんですわ。少ないところは常時監視されとるようなもんでしょう。だれかの目にいつもついとるから油断も隙もありません。あとに乗りこんだ航空母艦とくらべても、八重山は最悪にきつい船やったと思います。

もうこのままではいじめ殺されると思いました。これでは生き地獄や。八重山の軍務にほとほと愛想がつきました。こんなことで殺されてたまるか。親が泣きますやん。

なんとかして一日でもはやく八重山からおりる方法を考えないといかん。このくるしみからのがれる方法にはなにがあるか。自殺するか。逃亡するか。そんなことはできるわけがない。どちらも親が泣くから。自殺するわけにはいかん。逃げるわけにもいかん。絶対にやったらいかん。方法はたったひとつ、普通科の試験に合格して練習生になるしかないわけですわ。

職業軍人への第一歩——横須賀海軍航空隊へ

軍艦の中にはいろんな部署があります。たとえばわたしがあとに乗った航空母艦「飛龍《ひりゅう》」なら、砲術科・運用科・通信科・内務科・飛行科・整備科・機関科・工作科・主計科・看護科……といろいろあります。その科の中でもこまかく担当がわけられております。

それら専門の技術を身につけた兵隊が、おなじ船に乗りこんでたたかうことで、ひとつの軍艦としての戦力を発揮するわけですね。だから鎮守府の中に術科学校がたくさんありますねん。

それぞれの学校には最初にはいる普通科と、より高度な勉強をする高等科、特修科があります。ここで専門技術を持った兵隊をそだてて将来の戦闘力向上にそなえるわけです。

この普通科の中で一般水兵から受験できるのには、砲術学校・水雷学校・通信学校・航海学校……といろいろありました。わたしたちにも「こっちに行きたい」とか「あっちがええ」とか「おれはパイロットになりたい」とか希望がありますやん。それにあった学校を受けて練習生になるわけです。

わたしは最初、おやじが水雷学校の出だったので、そこか砲術学校をと考えていました。ところが八重山のいじめはきついし殺されると思っているから、のんびりしたことを言うておられへん。そんな暇ない。なんの科目でもええ。とにかく最初にある試験を受ける。そう決めて待っとりました。

待望の試験日が知らされました。それがたまたま飛行機整備術でしたんやわ。昭和15（1940）年5月にまよわず願書を出して佐世保で受けました。なんとか一発で合格や。6月10日入校と決まったときのよろこびは忘れられません。ほいでやれやれと、八重山にのこる同年兵には気の毒だったけれど、船をおりましたんやわ。

すぐに、横須賀航空隊（神奈川県横須賀市）に第58期普通科整備術練習生として入隊しました。このときにもろた兵籍番号（正式は入籍番号）はいまでもおぼえておりますで。「佐志整2143」。佐世保・志願兵・整備兵という意味ですわ。2143はなんやろな。佐世保海兵団にはいったときも兵籍番号をもらいましたが、これはおぼえていません（軍歴証明書によると「佐志水27092」）。番号そのものにほこりはありませんねん。あれこれ書類になまえを書くときにいっしょに書くだけのものですからね。この佐志整2143だけが印象ぶかいんですわ。しいて言うと、それだけうれしかったのか、おぼえやすかったからか。とにかく佐志整2143だけは忘れません。

わたしはもともと海軍で身をたてようと思っているでしょう。海軍に一般の水兵からはいって職業軍人としてやっていくにはどうすればいいのか。まずは普通科を卒業しなければいけません。特修兵となって一定期間、実施部隊で勤務して経験を積みます。こんどはさらに高等科を受験できます。ここを卒業して道をすすんでいけば、特務士官か少佐まで昇進できます。

わたしは、横須賀海軍航空隊にはいったことで職業軍人になる最初の関門を突破したことになります。結局は下士官までやったけれどな。それでもわたしは整備に行ってよかったと思っておりますねん。だから戦地から生きてかえってこられたと思っております。陸軍にはいっとったらとうに死んどりますわ。

兵種の人数は海兵団ごとに決められており、兵科（水兵・飛行兵・整備兵・機関兵・工作兵）・軍楽科・看護（衛生）科・主計科・技術科などがあった。時代とともに新設・統廃合の改定がくりかえされた。瀧本さんの旧兵籍番号「佐志水27092」は、

佐世保・志願兵・水兵の意味。普通科整備術にすすんだことで水兵から整備兵に転じることになる。
整備術の教育は、当時としても希少な先端技術の航空機を「教材」としてあつかうため、術科学校に相当する「練習航空隊」を実戦部隊の航空隊においておこなわれていた。

飛行機の整備兵になるための訓練がはじまりました。6カ月間の在校中は学科・技術・体育などできたえられました。飛行機のエンジンを分解して組みたてる授業があります。これがむずかしいんですわ。そのころは空冷エンジンだけではなくて液冷（水冷）エンジンもあったんですわ。効率が悪いからすぐに空冷式に変わっていったけれどな。とにかくエンジンのしくみを徹底して学びます。こうしてきたえられることで、実施部隊に配属されたときには一人前の即戦力になっているわけです。

わたしは剣道や水泳の選手として分隊対抗にも出ていましたから成績はよかったようですな。わたしには知らされませんでしたが、佐世保海兵団にはいるまえに通っていた香川の中等学校の恩師からの手紙によると、優等卒業者として『四国新聞』になまえが載っていたということでした。

第2章 1941年、真珠湾

1941年、真珠湾攻撃出撃準備中の零戦のようす。写真絵はがきより。
海軍省が真珠湾攻撃時のものとして公表し、絵はがきとしても印刷された航空母艦の飛行甲板上で整備を受ける零戦の写真。右下には「銀翼燦たり整備なつた新鋭機」と書かれている

普通科を卒業すると、昭和15（１９４０）年12月16日付けで二等兵になりました。横須賀から帰ってきて鹿屋海軍航空隊（鹿児島・大隅半島）で少しはたらいたあと、海軍二等整備兵として昭和16年4月17日付けで乗りこんだのが、航空母艦の「飛龍《ひりゅう》」でした。

左袖には、飛行機整備術を学んだあかしとしての特技章をつけとります。一人前の海軍兵としてのほこりを持って乗りこみました。いよいよこれからほんとうの戦闘力を持った兵員としての艦隊生活がはじまるなあとね、そんなことをぼんやりと考えていましたな。

海軍の花形「飛龍」に着任

飛龍は「蒼龍《そうりゅう》」とともに海軍の花形でしたんやわ。

それまでの海軍のたたかいというたらね、できるだけ大きな戦艦をつくって、なるべく遠いところからうちあいができるよう大きな大砲をすえて、という海戦でした。大艦巨砲主義といいますねん。これがね、太平洋戦争のころには方法がすでに変わっていました。航空機を中心にした航空戦が主体になっていたんですね。

とうぜん航空母艦が必要になります。飛行場をそのまま世界中どこへでも持っていけるわけですからね。こうして母艦が海軍の中心になりましたんやわ。なかでも飛龍と蒼龍、「赤城《あかぎ》」「加賀《かが》」の4隻は、訓練度が高くて世界一といわれるぐらいの技術を持っておりました。

そうはいうてもはじめて乗る母艦や。見るのもはじめてや。飛龍のほかにも母艦はあるでしょう。4隻のほかにも「瑞鶴《ずいかく》」とか「翔鶴《しょうかく》」とかもあります。こうした母艦やったらまたひとまわり大きいわけです。飛龍はそれほど大きいほうではありません。それでもとにかく母艦の中がひろいのにはびっくりしました。

	全長（メートル）	飛行甲板の幅（メートル）	公試排水量（トン）
飛龍	227・4	27	2万250
蒼龍	227・5	26	1万8800
赤城	260・7	30・5	4万1300
加賀	247・7	30・5	4万2541
瑞鶴と翔鶴	257・5	29	2万9800

母艦いうのはね、ほかのとちがって特殊な構造の軍艦ですねん。ずうたいが大きいわりに重さは見た目ほどにはないんですわ。

ここの線を海水面としますやんか。この海水面から上、つまり喫水線から上にあって目に見

航空母艦「飛龍」(Wikimedia Commons)

えとるところは、ほとんどが格納庫になっています。飛龍の格納庫は上部と下部の二層になっておりますねん。艦上機をしまうところですから飛行機がようけならんでおります。飛行機が飛びたって格納庫にないときはまったくのどんがらや。なんにもありません。がらがらですやん。だから母艦は軽いんです。

海水面から下はなにになっとんやというたら、ここは缶室《かま》と機械室です。船をうごかすボイラールームとエンジンルームですね。大きな母艦やからね、大きなエンジンがありますやん。それからエンジンをうごかすのにたくさんの重油がいりますやん。重油を入れておく大きなタンクもあります。ガソリンタンクもあります。そのほかにも爆弾庫・爆雷弾庫・黒色火薬庫・魚雷格納庫・高角砲弾庫もあります。母艦はそういう構造になっています。

飛龍には3種類の飛行機を積んどりました。

ひとり乗りの零式艦上戦闘機。これは敵の飛行機をむかえうちます。

ふたり乗り(操縦員と偵察員)の九九式艦上爆撃機。これは急降下しながら爆弾をおとすやつですね。

そして九七式艦上攻撃機です。操縦員・偵察員・電信員の3人が乗っとって、低空から魚雷を発射したり、2000〜3000メートルの上空から爆弾をおとしたりします。艦上機の中で一番大きな飛行機（全長10・3メートル、全幅15・52メートル）ですねん。わたしはこの九七式の整備を受けもっていました。

わたしは特技兵でしょう。本来のしごとである飛行機整備は先頭にたってはたらかなければなりません。下のものにはいじめではない指導もせんといかんしね。いっぽうで若《じゃく》（若年兵）であることに変わりはありませんから、なんぼ章を持っとっても分隊にかえれば新兵たちとともに内務もしなければなりません。なかなかたいへんでしたが、八重山とは分隊の空気も士気もひとあじちがっていましたからな。陰湿ないじめはそれほどでもなくてすくわれました。この点では特技兵としてのプライドと責任と希望とを持って勤務できましたな。

それとじつはな、整備員のしごとは上のものも下のものもものすごくいそがしいんですわ。だから生活の中でなぐる暇がありません。兵隊いじめの間がないんですわ。それでたすかったという面もありましたんやわ。

いのちがけの離発着

飛龍に乗りこんでからは、陸上での基地訓練、作業地（訓練湾）に錨をおろしての訓練、洋上訓練、発着訓練、補給訓練と訓練のくりかえしです。もう朝も昼も晩もない猛訓練をずっとやっとった。軍歌にある「海の男の艦隊勤務　月月火水木金金」（高橋俊策作詞・江口夜詩作曲）そのものです。たえられたのは、ただただ「お国のため」と、「少しでもはやく昇進していなかの両親によろこんでもらいたい」と考えていたからですね。

とくに洋上での発艦と着艦の訓練はきびしかったですわ。海におちたら終わりでしょう。失敗は死に直結していますねん。それこそ暗夜の訓練はいのちがけでしたんやわ。

飛龍の飛行甲板の長さは217メートル、幅27メートル、そんなもんです。大きいような気がしますけれどね、海の上に浮いておるのを空から見おろしたら、大海にゆれる木の葉っぱのようなものなんですね。陸上にある飛行場やったら滑走路は1000メートルも2000メートルもありますやん。母艦からだと飛行機は100メートルも走れば飛びあがらないかん。ひとり乗りの「零式」やったら小さいからまだいいですよ。これが「九七式」になったらどないなります。機体は大きいし、1発800キロの魚雷やら爆弾やらを抱いてせまい甲板から飛びあがるんですよ。せまい甲板におりてくるんですよ。とんでもない技術がもとめられるんですね。当時の海軍パイロットの技術は世界一ですねん。

つかのまの初恋

海軍の船はそれぞれ母港が決まっています。飛龍は佐世保、赤城は横須賀というぐあいですね。あの「武蔵」も横須賀ですわ。大和は呉や。そこから出発して基地や訓練地に向かうわけです。鹿児島の出水《いずみ》・笠野原、大分の佐伯・串木野、鹿児島湾（錦江湾）・志布志湾……と九州のあちこちに行きました。もちろん横須賀とか呉とかに寄ることもあります。

3カ月ほどの洋上訓練を終えたあとの入港のうれしさは格別です。母艦のばあいは、入港するまえに艦上機を出発させて陸上の基地に着陸させておきます。その飛行機にわたしたち整備員は便乗して基地へ直行しますねん。あちこちに上陸した中でとくに思い出ぶかいのは、宮崎・日向灘にあった富高海軍航空隊基地です。おせわになった地元のひとびとが、訓練訓練で殺伐としたわたしたちのきもちを、人間らしいやすらいだものにさせてくれました。いまでも当時のひとびとのことをはっきりと思いだせます。

ほいでな、じつはな、富高が一番うれしかったというのはな、わたしは好きな女の子がおったんですわ。わたしが20歳になるまえのときですわな。むこうは女学生でいまでいうたら中学2年生ぐらいや。その子を好きになってな。富香というなまえでしたわ。姓はなんやったかな。トミちゃん、トミちゃんと呼んでいたんですわ。ですから富高の思い出は別格ですねん。

陸上での基地訓練というても兵舎はそんなになくて足りないでしょう。わたしたち飛龍の乗組員は基地で訓練をすませると、基地を出て外でとまるわけですわ。ほいで毎日、富高の駅（いまのＪＲ日向市駅）のちかくにある旅館に行ったんですわ。その旅館におったんやな、トミちゃんが。

この旅館ではたらいている女性が、トミちゃんの一番上の姉さんやったんやわ。なんでも両親をはやくに亡くしたのでトミちゃんら妹の親がわりになってめんどうを見とるということでした。旅館のおかみさんが親戚ということでしたかな。そのもとでしごとをしながら妹を高等女学校にかよわせているというんですね。

わたしは毎日、旅館に寝にいくでしょう。ほいだら学校からかえってきているトミちゃんも毎日おりますやん。そこを自分の家がわりにしとるんやから。

こっちは男やからな、自分の好きなタイプというのがあるでしょう。トミちゃんにはな、親がわりの姉さんのほかにも、ふたつかみっつ年上の姉さんもあったんや。この姉さんのことは、九九式のパイロットが好きでな。わたしは妹のほうを好きやったんや。どない言うていいのかな。トミちゃんは見かけはごくふつうやったけれど、まじめに学校に行っているしやな、全体がわたしのタイプやったんです。ほんでトミちゃんと話をしていると、こっちがものすごくすくわれた気になるんですよ。手もにぎったことないんですよ、ぜんぜん。デートなんかせえへん。話をするだけや。むこうは女学生だからこみいった話もできないしな。

ほんでわたし、香川のいなかにいる両親に手紙を出したんですわ。こんな子がおるんやってな。いっぺん見にきてくれと。アメリカとの戦争どうのこうのはべつにしても、将来は嫁さんをもらわんといかんでしょう。そもそものころは戦争がはじまるのかどうかわからへんのやから。

おふくろが富高に飛んできよりましたわ。ほいでトミちゃんを見てな、「おとなしそうでい い子やな」と。「おまえがそんなに好きなんやったらな、うちに来てもらったらどうか」「いまは女学生ではやいから、うちから女学校にかよってもらって、卒業してから結婚したらええ」と、こう言うたんです。おふくろがそない言うてくれたからうれしかったなあ。ありがたいことやなとね。

でも、それ、だめになりました。わたしが転勤になりましたんやわ。基地訓練といってもいつまでもおなじ場所でやっとるわけにはいかんでしょう。また母艦に乗って海上訓練に行かないかん。行かなしょうがないですやん。宮崎にいつまでもおられへんしな。ほいで行った。つらかったですわあ。トミちゃんの顔を見られなくなるしな。手もにぎったこともなかったけれどな。好きやったからな。

それでも行った先からトミちゃんに手紙を書きますやん。ひとつも返事こないんですわ。どないしたんやろかなと思ってな。その後わたしはあっちこっちの戦地におくられてばっかりですやん。トミちゃんのことを考えている暇ないですやん。それでそのままになりましたんやわ。

じつはな、戦後に復員して香川におるときにトミちゃんにいっぺん手紙を出したんですわ。おるかなどうかなと思ってむかしの住所に出した。おったわけや。返事がきたわけや。もう結婚して子どもがおるということでした。それ、わかっとったけれど、とりあえず会いに行きました。トミちゃんのだんなさんとも会って世間話に花を咲かせましたわ。あれからトミちゃんは満州（いまの中国東北部）のほうに行ってましたと言っていましたわ。

トミちゃんには大阪でも会うたことがあるんや。わたしが香川のいなかを出て大阪で暮らしはじめたころやから、昭和30（1955）年ごろでっしゃろなあ。大阪から手紙を出したんです。そのころトミちゃんは地元で姉さんといっしょに婦人服店をやっていました。ときおり本町（大阪市中央区・繊維業がさかん）にしいれに行くんやと。では大阪に来たときにいっぺん会いましょうかというてね。トミちゃんが姉さんをともなって大阪駅に来ました。そのときに、わたしが転勤になってからの話をいろいろと聞いたんや。どないやったんやと。

こういうことやった。わたしからおくられてきた手紙は、親がわりの姉さんがみんなとりよったわけや。なかも読んだんやろ。こっちは姉さんがそんなことをしとるとは夢にも知らんからやな、どうのこうのと書いてあるでしょう。それで姉さんは、こらあかんなと。中学2年生というたらまだ子どもじゃないですか。姉さんが注意しとるわけです。妹にへんな男がくっついたらこまると。20歳ぐらいの男と好きおうてやな、間違いをおこしたらこまると。そう思ったんだろうね。それでや。

トミちゃんはトミちゃんで「瀧本さんは出ていったまま手紙もぜんぜんよこしてくれんなあ」と思っていたそうや。むこうはむこうできらいになったと思っておるわけや。ほいでそのままになりましたんやわ。手ぐらいにぎっとったらよかった。

真珠湾攻撃の予兆だったパイロットの話

猛訓練の連続いうたってな、母艦から飛行機が飛んでいったら、その先でどんな訓練をしているのか、わたしらにはわかりません。なにを目的に毎日このような戦闘訓練をしているのか、飛龍にのこっているわれわれにはまるでわかりませんやん。そんなことを考える暇もありません。おしえてくれるひともいません。ただただ訓練におわれているだけや。

いまから考えたらな、このころになると海軍の上層部はわかっておったと思います。「アメリカと戦争をやるな」と。それは「いつ」なのかまでは知らんかったと思うけれどな、「戦争をやる」とは知っておったと思いますわ。われわれ兵卒はそんなことぜんぜんわかりません。目に見えない巨大な国家権力と時代にただただながされているだけでした。

連合艦隊司令長官・山本五十六（1884〜1943）が考えていたのは、太平洋における米海軍の大根拠地ハワイ諸島を奇襲し、オアフ島・真珠湾にいる主力艦隊を壊滅させることだった。

連合艦隊の中に、第一航空艦隊がつくられたのは1941（昭和16）年4月10日。南雲忠一（1887〜1944）を司令長官とし、第一航空戦隊（赤城・加賀）や第二航空戦隊（飛龍・蒼龍）の航空母艦を集中配備・運用する機動部隊の誕生だった。この

――「南雲機動部隊」が、さらに第五航空戦隊（翔鶴・瑞鶴）をくわえて真珠湾にむかうことになる。――

ただな、わたしは飛行機の来歴簿の係もまかされていました。毎日、部隊のそれぞれの飛行機について訓練の時間とか、内容とか、飛行機の調子はどうやったのかとかを搭乗員からききとる係ですね。聞いて飛行機の現在のすがたを文章にするわけですわ。この飛行機はどこどこの調子が悪いってね。てまがかかりますねん。飛行機の状況を把握しとかないかんから、責任感のつよい優秀なやつがまかされたんですわ。来歴簿を書きおえたら、分隊の一番えらいひとの分隊長に提出して見せるわけですわ。このひとが整備の権限を持っとるわけです。「ここを変えろ」「あそこを変えなあかん」といった命令をもらってかえって整備をするわけです。飛行30時間きざみでプラグをかえるのは、これは小検査といいました。母艦の上でやりますねん。中検査以上になると飛行機を陸上にあげなければいけません。

この来歴簿をつくるときに聞いた搭乗員の話では、「鹿児島湾で低空飛行をしている」「魚雷の訓練をしている」ということでした。ごっつい訓練するんやなあと。これもいまにして思えば、ハワイ真珠湾への奇襲攻撃を想定した訓練だったわけですが、われわれ下っぱはそんなことまったく知りません。

もともと海軍はね、そういうところやと思っておりますねん。下っぱの兵隊にはほんとうのことを言う必要はないとね。おまえらはだまっとけと。こういう方針ですねん。だからわれわれはわからんわけですわ。おなじ船に乗ってんのにやな、行った先でどんなことが起きたのかわからへん。どんな目的に向かっているのかもわからへん。そんなもんや。

あ、そうか、やっぱり戦争するのか

飛龍できびしい訓練をかさねていたある日（1941年10月1日）、わたしは一等兵に昇進しました。海軍一等整備兵ですねん。すぐに両親へ手紙で知らせました。

それからほどなくして11月18日、飛龍は大分・佐伯港を出港しました。太平洋に出ると一路東へ向かいました。もちろん行き先も目的もおしえてもらえません。ただ、いつもの訓練とちがうなと不思議だったのは、出航前の佐世保でありったけの200リットル重油ドラム缶と18リットル一斗缶を母艦のいたるところに積みこんだことです。通路の両脇にも積みかさねましたで。いつもどおりの航行ならば重油タンクを満タンにしておけばいいだけのこと。腑におちません。これはそうとう長い航海になるんだろうなと、そんなことを思いましたわ。

11月22日でしたかな、飛龍は千島列島の択捉《えとろふ》島・単冠《ひとかっぷ》湾に到着しました。朝になって甲板に出てびっくりですわ。母艦のまわりに戦艦・巡洋艦・駆逐艦がびっしりあつまっておるんです。

11月の千島列島はすっかり冬景色ですねん。とても寒い。白くかがやく雪風景の中、いったいなにが起こるのか、よほど大がかりな演習でもあるのかと、そんなことを考えていました。

その夜のことだったと思いますが、乗組員のひとりが海におちて凍死者が出ました。

天皇列席の御前会議は1941（昭和16）年11月5日、「帝国国策遂行要領」を決定。アメリカ・イギリス・オランダと戦争することを事実上きめた。

これをうけて南雲機動部隊は17日から19日にかけて佐伯・別府・館山・佐世保・呉の各港から出発し、23日までに全艦が単冠湾に集結。12月1日の御前会議を待つだけとなった。

11月23日に20歳になっておりますな。たしかに飛龍の中でそうなっております。いまからすると成人ですわな。当時は意識しません。考えたこともありません。海軍の中において誕生日もなにもあったもんじゃありません。個人のことはさらさらなし。なんにもなし。そんな情緒ぶかいことありますかいな。軍隊の中で生年月日なんて言うことなんてないですわ。新兵は新兵や。

ある本によると、この日に全員が飛行甲板にあつめられて飛龍の加来止男艦長（１８９３〜１９４２）の訓示を聞いとるというんですね。わたしのきおくでは、11月26日の朝、やはり行き先も目的も知らされないまま、いっせいに錨をあげて単冠湾を出港しました。同時に艦内のごみを海に投棄することが禁じられました。すでに無線機は封鎖されて電波の発信も禁じられております。行動が外部にもれない処置ですわな。加来艦長の訓示は「これからハワイ攻撃に向かう」と、こういうことですねん。

あ、そうか。やっぱりなと。戦争をするのかと。

たいした感じはしません。わたしもまわりも淡々としていましたで。それにわたしは来歴簿の係をしとったでしょう。それまでの訓練でうすうすは感づいておったでしょう。戦争が近いかもしれんなと予想できていたんでしょうな。でも、その戦争をアメリカとするなんて夢にも思っていなかった。

11月下旬の北太平洋の波のあらいことあらいこと。母艦だからいいものの、商船なんかでは航海できないほどでしたで。隠密行動がばれないようにと荒天の時期をえらんだのでしょうか。まったくひどいものだった。飛龍の近くにいるはずの駆逐艦は波間にはいってすがたが見えません。大型の油槽船（タンカー）も半分は海中につっこんでいます。長さ227メートルの飛龍も、まるで木の葉のようにゆれて大波にもてあそばれていました。飛行甲板にいた兵が波にさらわれたり、海面から20メートルの高さにある監視所の見はり員が大波にさらわれたりしましたから、どれぐらいの波だったか想像できるでしょう。

艦内は艦内で大いそがしや。出航前に積みこんだ大量の重油をタンクに総員で手おくりする作業ですねん。ゆれはたえまなく、まともに歩けません。その中での作業ですねん。通路はせまいしやな、艦はぐわんぐわんとゆれるしやな、足もとは重油でべとべとやしな。

一番の気がかりは格納庫にしまってある飛行機のことですねん。車輪どめ（チョーク）をしとるけれど、うじゃうじゃゆれるですやん。しっかり固定していないと飛行機と飛行機がぶつかってしまうでしょう。だから床への固縛は入念にやりますねん。戦争のことよりもゆれる飛行機のほうが心配や。こわれたら一大事や。

「帝国ハ米英蘭ニ対シ開戦ス」。1941（昭和16）年12月1日の御前会議の最終決定は、連合艦隊司令部からの暗号「ニイタカヤマノボレ」として、すでに洋上を東に走っていた南雲機動部隊におくられた。

機動部隊は4日、進路を南へ変えた。7日午後11時、「総員おこし」。8日午前1時30分、赤城・加賀・飛龍・蒼龍・瑞鶴・翔鶴の6母艦から、第1次攻撃隊183機が飛びたった。午前2時45分には第2次攻撃隊167機が発進した。

そして出撃

ハワイ攻撃がはじまりました。

単冠湾をでるときは防寒服でしたが、すでに防暑服に着がえております。

指示や訓示が終わると、搭乗員がかけ足で各機に乗りこみます。飛龍からも零式戦闘機と、雷装と爆装の九七式攻撃機がつぎつぎと出撃していきます。艦上機が飛びたっていく光景は、日ごろの訓練と変わりませんが、それでもほんまに勇壮なものがありましたで。瑞鶴と翔鶴からも飛行機が飛びたって、艦隊上空で大編隊をくんでいきました。このときも号令もなにもありません。けれどもわたしら整備兵は、飛行機を甲板にならべて暖機運転をしとかなあきません。ですから何時何分に出発するんやなということはわかっていました。

暖機運転いうのはな、飛行機のエンジンをあたためることやな。格納庫に飛行機がしまってあります。上下二層の格納庫のどこにしまってあるのかは、飛行機の種類によってちがいます。わたしが担当していた3人乗りの九七式艦上攻撃機は、航続距離が長くて機体が大きかったから下の層でした。この飛行機を、母艦の前方・中央・後方と3カ所にあるエレベーターシャフトで飛行甲板にあげます。飛行機が飛びあがったりおりてきたりするところを飛行甲板とか発着甲板とかと言いますねん。

飛行機を甲板にあげたら、われわれ整備兵が操縦席に乗りこみます。すでに操縦員が乗っとるばあいもありますが、暖機運転はふつう整備兵のしごとですねん。飛行機の外では、エンジンのちかくのエナーシャ（慣性起動機。イナーシャとも呼ばれていた）のハンドルを2人がかりで手で回すんですわ。まずプロペラを手でめぐらしてな、ほんで起動用ハンドルを回す。

ウィーンウィーンウィンウィンとエナーシャの回転がいいかげんあがってくると、エンジンがギーギーと回るわけや。ハンドルを回していた整備兵から「コンタクトー」と操縦席に聞こえるよう大声がかかります。それを聞いてわたしが操縦席にあるスイッチを入れます。エンジンがブルンブルンと音をたてて回ります。ほいで操縦員と交代するわけです。はじめのころはエナーシャを必死こいて回しました。その後は高速モーターが出てきたのでパイロットがスイッチを入れればいいだけになりました。

整備兵のしごと

整備兵のしごとは、平時の訓練であろうが実際の戦闘であろうがやることはまったくおなじですねん。発着甲板での飛行機の発艦・着艦の作業です。飛行機の搭乗員は実弾を積んで攻撃するから変わるんでしょうけれど、整備は戦時も平時もいっしょですねん。それだけ常時いそがしいんですわ。甲板の上がわたしたちの戦場ですやん。

発艦はわりとかんたんですねん。発着係の士官が艦橋からおりてきて旗を持った両手を左右にパアッとひらきます。これが「車輪どめはずせ」の合図です。われわれ整備兵は、ブンブン回っている飛行機のペラに注意しながら車輪どめを全身で引っぱってはずします。すぐに真横へ逃げます。だから整備兵は体力がいるんですわ。車輪とペラのあいだは1メートルほどしかありません。ペラが頭にあたらんようにといのちがけですわ。こわいといったらしごとになりません。つぎに士官は、艦首の方向のななめ上を左手一本でさして右手をさげます。これで発艦です。

着艦がむずかしいんですわ。艦上機がつぎつぎとおりてくるでしょう。できるだけスピードをおとしていますが、おとしすぎると墜落するから時速100キロ以下にはなりません。いくらスローにしたというても100キロ以上や。それがせまい甲板へおりてくる。わたしら整備兵は発着甲板のはしっこにある待機所（ポケット）におるわけです。ここにいても油断ならんわけや。いつ飛行機がつっこんでくるのかわからんからな。

とろとろというても100キロのスピードの飛行機が、どうやって短い飛行甲板にとまるのか。秘密の装置がありますねん。飛行甲板から30センチの高さのところに、鋼鉄でできた直径16ミリの太いワイヤロープ（制動索）が横に何本もはられています。これを飛行機の機体のしっぽのほうにぶらさげとる拘束フックでひっかけて、ほいで停止するわけですわ。

まだまだいのちがけですねん。飛行機がぶじに着艦するとな、わたしのような若手の整備兵2人が待機所を飛びだしていって、ペラのあいだをぬって飛行機にだー、と走っていく。飛行機が引っかけたワイヤは10～20メートルもビーンとのびて山形になっている。そのワイヤをフックからはずすのも整備兵のワイヤ係です。

ペラはまだ回っていて飛行機は発着甲板の上をゆっくりとうごいています。この飛行機のうしろがわから走っていってな、右と左の翼《よく》に飛びのるんですわ。わたしは左の翼専門でした。運動能力がないとできんのだから、これが花形ですねん。飛行機がうごいているときに飛びのるんやからね。翼に乗ったらね、格納庫にしまうために小さくしないといかんから両翼をたたみます。操縦席のパイロットからつっかえ棒を受けとって、その棒を機体にさしこんで、たたんだ両翼を支えます。これら全部を飛行機がうごいているうちにするわけです。それからエレベーターで格納庫におろします。これ、1機あたりどれぐらいでやると思います？　数十秒なんてもんでっせ。

着艦がいそがしくなるときもあるでしょう。そのときは飛行機を飛行甲板の前のほうにつめていきます。いっぱいになったら着艦をとめて、それから追突防止網（滑走制止索＝高さ3メートルに鋼鉄のワイヤをはりめぐらせている2本の支柱）をたてます。ほいで前にたまった飛行機をエレベーターで格納庫におろしてしまっていくわけですわ。これが終わると、飛行機の着艦がまたはじまるわけです。飛行機はつぎつぎとおりてきますから、いかにすばやく収納できるのかの時間が問題ですねん。

着艦に失敗することもあります。だいたいは飛行機を前につんのめらせてペラをだめにするんですわ。失敗したやつをそのままにしといたら、つぎにおりてくる飛行機が追突してしまうでしょう。それを防止するために、いそいで追突防止網をたてますねん。それから失敗した飛行機を手でおして母艦の横から海にドボーンとおとします。めったにありませんでしたが、訓練のときにたまに失敗はありましたな。

すべて海の上でのしごとですからね。すべて手作業ですからね。ひとつまちがえれば飛行機やペラに吹きとばされます。飛行機といっしょに海の中におとされます。いずれも即死です。

いのちがけですねん。

目の前の作業にいそがしくて、高揚感も感激もない

第1次攻撃隊が飛びたったあとも大いそがしはつづきます。

第2次の飛行機を格納庫からあげて飛行甲板にならべんといかんでしょう。機体とエンジンの調子はどうやとか、爆弾や魚雷がしっかり積まれておるかとか点検・確認せんといかんでしょう。暖機運転もせないかん。

いそいで銃弾を込めたり、250キロ爆弾や800キロ魚雷を装着したりするのは兵器員のしごとや。兵器の雷爆係が魚雷の調整や雷装をするわけです。搭乗員がとってきた戦果の様子やら偵察の様子やらの写真を現像する写真係もおりました。整備は手があいとったら兵器の手つだいをしないといかん。ぎゃくに兵器が整備のしごとを手つだうことはありません。給油はわたしらの担当ですねん。格納庫の壁にはガソリンのパイプがとおっているでしょう。そこから自動車に給油するようにね、ゴムのホースでピューと入れるわけです。

ほいでハワイから第1次攻撃隊が帰ってきたら、あの決死の着艦作業ですわ。すぐに格納庫におろして、つぎの攻撃の準備をしとかないけません。反撃されてこわれたところの修理もせなあかん。この日は第3次攻撃まで準備したと思いますわ。夜は格納庫に雑魚寝です。

後世の教科書に記載される歴史的事件としての真珠湾攻撃。米側の被害は戦死・行方不明者2403人にのぼり、戦艦など6隻が沈没、飛行機231機が損傷した。日本側は飛行機29機と特殊潜航艇5隻、64人をうしなった(戦史叢書『ハワイ作戦』)。

戦記の多くには、12月8日午前3時22分に第1次攻撃隊からおくられてきた奇襲成功の暗号「トラトラトラ」に歓声をあげる場面がある。しかし瀧本さんは「そんなこともなかったですわ」。ただただ目の前の作業の忙しさだけしか記憶にのこらないできごとだった。


ごぞんじのとおりハワイ攻撃は奇襲でしたからね。攻撃はこちらの一方的なものでした。それなりの戦果をおさめたのはあたりまえじゃないですか。だから話をすることはありません。そもそも飛龍は真珠湾から300キロも400キロも遠くはなれた洋上にいましたから、攻撃の様子は見えません。あいての反撃の様子もわかりません。現場の状況がわかるのは、母艦から飛んでいった飛行機の搭乗員のみ。わたしらはからっきしわかりません。

戦争のこわさ、まるっきりありません。高揚感もない。やったぞという感激もない。発艦と着艦の作業に大いそがしやという以外、こんなもんかいなという感じですわ。「たまにやられた飛行機があったな」と思ったぐらいのことでね。帰ってこなかった搭乗員にしりあいはおりませんねん。おなじ船の中におるから搭乗員と整備員はものすごく親密な関係になると思うでしょう。ところがそんなことないんですわ、あんまり。とにかく下っぱ整備兵は、発艦・着艦の作業をぬかりなくやるということだけですやん。

海軍は、真珠湾攻撃と同時に、太平洋にある米領環礁ウェーク島を占領する作戦も実行していたが、はげしい反撃にあって失敗。真珠湾から日本へかえる途中の南雲機動部隊に、連合艦隊司令部から支援命令がきた。

これをうけて飛龍と蒼龍は12月16日、部隊をはなれてウェーク島へ向かった。21日から飛行機をくりかえし飛ばし、23日に陸戦隊が上陸・占領。飛龍は年の瀬の29日に帰港した。

ウェーク島に行ったことはおぼえていますが、これもたいしたことはありませんでしたな。「ウェーク島に行くぞ」と聞いたおぼえがあるかないかぐらいのことですわ。ほうか、より道しよかと思ったぐらいでしょうな。

ウェーク島でしたことも日ごろの訓練と少しも変わりません。第一、ここでもこまかいことはわたしら下っぱの兵につたえられていません。しごともハワイ攻撃のときとまるきりいっしょですねん。整備兵のしごとは実戦でも訓練でもおなじということは、これまで話してきたとおりです。

「勝ちいくさ」に芽ばえた不安

内地の県には12月29日にかえってきよりました。ほいたらね、びっくりしましたで。提灯行列やら旗行列やらで勝った勝ったと大さわぎしとるんです。その光景を飛龍の甲板から見ましたんやわ。

そのときにな、まったく個人的にやけどな、ふと、だいじょうぶかいなと思いましたで。いまから考えるとな、つかのまの勝利に酔いしれていたわけでしょう。当時だって学校で地理を学びますやん。わたしは地理が好きやったからな、日本に資源がないことも石油を海外から買っていることもわかっておりますやん。

まず第一に石油はだいじょうぶかいなと。長い補給線の確保もたいへんや。資源のない小さな国が、アメリカなど世界中をあいてに大戦争をおっぱじめて、やれるんかいなと。それで思いましたんやわ。こんなに大さわぎしているけれど、最後までたたかいぬけるの、いつまでできるの、この勝ちいくさ。そういう不安です。これですわ。

日本とアメリカの国力の差ははっきりしていた。1941年の産出量は原油が日本の28万トンに対して米国が1億8950万トン、石炭は5647万トン対4億6391万トン、鉄鉱石は76万トン対9389万トン。しかも日本は重要資源の多くを米国からの

――輸入にたよっていた。

運の悪いことに、わたしが心配したとおりになりました。けれどもな、当時はな、そんな心配はわれわれではなくて、えらいひとのすることだと考えていました。われわれは、ただただ命令のままにいのちを捨てるかくごでたたかうのみ。
でも、むだ死にはしたくない、自分だけは死ぬものか……。そないに思てましたな。――

第3章

1942年、ミッドウェー

1942年6月、北太平洋のミッドウェー海戦で、米軍機の攻撃を受けた空母飛龍

ハワイ作戦を終えてからしばらくは、昭和17（1942）年1月から4月まで、おもに南方（東南アジア）やインド洋方面の作戦に参加しました。日本は、石油ねらいで南方の占領をすすめていましたでしょう。アラブの石油は戦後からやからね。戦前の日本は石油をアメリカから買うとったわけや。

それが戦争で買えなくなったからというてね、南方に石油を分どりに行ったわけです。これもハワイ攻撃といっしょで一方的や。だーっとしゃにむに占領してな。がーっとむりやりに腕力でぬすんでな。むちゃくちゃですやん。陸上にある油田を陣どったり分どったりするのはたいがい陸軍のしごとや。その手つだいにわたしたちは行ったわけです。広島・呉から出発したのは1月12日でした。

日本のねらいは南方資源すなわち石油だった。

1937年（昭和12年）にはじめた日中全面戦争は泥沼化していた。そんな中の39年9月1日、第2次世界大戦がヨーロッパではじまる。これを転機としたい。ヒトラーのドイツ・ムッソリーニのイタリアと手をくみ、欧米の植民地となっていた東南アジアを

手に入れたい。そこは天然資源の宝庫だからだ――日本は当時、こう考えた。

40年以降、北部仏印（フランス領インドシナ北部＝いまのベトナム北部）侵攻、日独伊三国同盟締結、南部仏印への侵攻とすすめた。この武力南進は、アメリカによる対日石油輸出全面禁止や、イギリスとオランダもくわわった対日経済制裁包囲網をまねく。八方ふさがりのすえにはじめたのがこれらの国との戦争だ。したがって海軍による真珠湾攻撃は「支作戦」であり、陸軍による南方作戦が「主作戦」だったといえる。

南方作戦は、真珠湾攻撃よりはやく41年12月8日午前2時15分、イギリス領マレー半島コタバルへの奇襲上陸ではじまった。陸軍の南方軍は、海軍の南方部隊とともに東南アジアを踏みつぶしていく。大油田がある蘭印（オランダ領東インド＝いまのインドネシア）を占領し、42年5月のビルマ（いまのミャンマー）征圧で南方作戦を終えたとき、東南アジア全域を支配下においていた。

「欧米植民地からのアジア解放」「大東亜の新秩序・共栄圏の建設」は、ほんとうのねらいが資源の強奪であり「大東亜の盟主」になることであったから、皇民化教育や強制労働といった苛烈な軍政としてあらわれる。のびきった占領地は、あらたな泥沼化のはじまりであり、破局への出発点だった。

飛龍は42年1月、南方部隊に編入されてインドネシア東部アンボンへの空爆を実施。機動部隊も2月に南方部隊へくみこまれ、オーストラリア・ダーウィン港への空爆後、陸軍によるジャワ島攻略支援、ビルマ攻略支援とインド洋をかけまわった。この間、米英蘭の艦船を沈め、飛行機をうちおとし、各地に空爆をくわえた。
瀧本さんは、これらの作戦への記憶も薄いという。76年前のことだからということもあるが、べつの理由もあった。

あいてがだまってわたさないときは母艦から飛行機を飛ばして爆撃したんだろうと思いますけれどね、飛ばしたおぼえはあまりありませんわ。反撃もさしてなかったしね。ほとんどが無血占領ですわ。ほいで占領して飛行機を揚げるわけです。給油車もおろしてな。上陸することはあっても軍事基地のしごとや訓練をするだけで、島の中を歩きまわることはあまりしませんでしたな。

行ったところでおぼえているのは、フィリピンの島々・インドネシアの島々・パラオ諸島の島々・オーストラリア北部ダーウィン・インド洋にあるスリランカ（セイロン島）……まだまだようけ行きました。ほらあちこち行きましたで、あのへんの島々にはな。

でもな、このころのことはあまり記憶がないんですわ。

緊張も苦労もない南方での生活

なにせそのころは太平洋戦争がはじまって最初のころでしょう。勝ちいくさの連続や。なんの緊張感もない。なんの苦労もない。陸上でのしごとは陸軍がします。わたしたちはその後方支援だけ。ですから危険もない。だから記憶もあまりないというんですわ。

占領したところに飛行機をおいたことはおぼえております。たしかペリリュー島（パラオ諸島）でしたかな。ここには日本軍の兵舎もありましたで。兵舎というても高床式のバラックみたいなつくりですねん。草がはえている飛行場でしたが、自分たちがつかうのに不便はなかったですわ。万年筆のような黒くて太くて長い胴体に、ムカデどころじゃないほどの脚がようけはえているものがいて、「万年筆虫」と呼んでいました。あの虫、なんやろな。それと内地から慰問団がきたのもおぼえておりますで。あとは暇をみて訓練ですわ。

そのほかにおぼえていることといえば、母艦の中が暑かったことですわ。年中ボイラーをたいているから暑いんです。わたしたち整備員の居住区は母艦のうしろ、喫水線の下のほうにありました。ほとんど真下にある4軸のスクリューの音がうるさくて寝られないんですわ。何トンもあるやつがガラガラガラガラと全速で回ってみいな。寝られますかいな。通気孔はあっても冷暖房なんてありません。暑いし、うるさいし、だから寝られないというんですわ。そやから晩に起きて甲板にあげてある飛行機の翼の上で寝ることもありました。昼にスコールがあると、ふんどし一丁になって甲板であびます。

佐世保海兵団にはいったときに事業服をもろた話をしましたな。事業服にもいくつかあって、上と下がべつべつのもんがあります。煙管服（円管服とも。正式は掃除服）もあります。これは上と下とをつなげとるんです。いまの「つなぎ」ですね。船の中で着るのは事業服だけ。色は白。一年をとおして白一点ばりや。南方に行ったら暑いでしょう。すると事業服も着ません。ふんどし一丁で作業することもありましたで。パンツのひとも少しいましたが、わたしはふんどしです。そのほうがあっさりしていいから。

話ついでに言いますが、飛龍は風呂を積んどります。士官どもは毎日でもはいります。しかも従兵がついております。風呂の準備をしたり背中をながしたりな、おえらいさんの身のまわりをおせわする係ですわ。せわ係の年季がはいったやつですね。

士官どもは従兵つきの風呂。ところがわたしら下っぱは風呂がどこにあるのかも知りません。飛龍に1年半のっていましたが、はいったことは一度もありません。お目にかかったこともありません。1年半のっとってですよ。士官のやろうどもは毎日でもはいりやがるけれどな。このことからも兵の待遇がわかるでしょう。下っぱのための風呂をつくるところがあるぐらいなら、三連装の機銃を積んだほうがいいといったもんですからね。海軍の船というのはそういう設計ですねん。われわれのことは人間と思てないもん。艦内の居住区で寝るときは寝るときで、せまいところにハンモックをずらっとならべてねむります。ハンモックの下はテーブルや。そこで飯を食います。麦飯と乾燥野菜ですね。すじ肉もたまに出ましたかな。これが整備員の住まいや。ひとりべやどうのこうのちゃうんですわ。

アメリカの軍隊は兵隊を生きものとしてあつかう設備にしとるそうですわ。日本の軍隊では下っぱはただの消耗品ですからね。風呂にしろ、寝るところにしろ、食べるところにしろ、こうですからね。あとも推して知るべし。いかにおそまつにされとったかわかるでしょう。これが日本の軍隊のひとのつかいかたですわ。みじめなもんですわ。

海軍の中において、下士官と兵のいのちは人間のいのちやないんやから。下士官兵は人間のあつかいじゃないですやん。だいじな話ですからもう一度きいてください。海軍兵学校を出たやつは士官になります。幹部になるコースですからね。海軍大学校は大将になるために行くんですわ。下っぱからはいったものは、どんなに優秀でも、いくらまじめでも、そんなもんにはなれません。兵学校や大学校を出たやつらはばかでもえらくなります。それぐらいなにかにつけてちごとるわけです。これが海軍の人事です。

階級が上というのと人間的にかしこいというのはべつでしょう。兵学校を出とる人間のいのちが「ここ」にあるとします。ばーんとさがりにさがって下士官と兵のいのちは「ここ」です。それぐらいきびしいんですわ。差別もなにも、せいいっぱいの差別です。

石油なしに戦争をはじめた日本

この南方作戦中にも、ハワイ攻撃のあととにた不安を感じましたで。それもおぼえております。原油をうばっても、何千キロもはなれた日本へ持ってかえらなあかんでしょう。それだけでもたいへんですやん。精製もしなければならないでしょう。こんなんで戦争をやっていけるんかいなとね。

わたしは飛龍に乗るまえに普通科に行って飛行機エンジンの整備をまなんだでしょう。作戦というたらね、30時間とか40時間とか、そんなもんですわ。エンジンの整備をすることなんてまずありません。そういう暇なんか戦地にありませんねん。そんなことをやっていたら手間がかかるわけですわ。新しいエンジンをとりよせるほうがはやいんです。整備をせんでもええように出発前にびしっと終えとかないけません。とにかく準備がだいじやということですわな。

それなのにや。日本は一番たいせつな石油の準備もないのに、よりによって石油を買うてるあいてと大戦争をおっぱじめたわけや。戦争がはじまってからあわてて南方に石油を分どりに行ったわけです。この戦争がいかに無謀だったのかは、このことからもわかりますやん。

陸軍の手つだいを終えてね、昭和17（1942）年4月22日、佐世保にかえってきました。このころですわ、山本五十六のなまえが書かれた感状《かんじょう》をもらいました。おほめのことばが書いてあってな、特殊な作戦で功労をたてた兵におくられるんですわ（42年4月15日付感状「米国太平洋艦隊主力及所在航空兵力ヲ猛撃シテ忽チ其ノ大部ヲ撃滅シタルハ爾後ノ作戦ニ寄与スル所極メテ大ニシテ其ノ武勲顕著ナリト認ム」）。わたしだけではありませんよ。ひとりひとり全員にくばられました。ハワイ攻撃に行ったものはみなもろとるわけですやん。

南方作戦から帰ってきてから出港までの1カ月は訓練もあまりしなかったように思いますな。いろいろと設備を積みこんでいました。それらはミッドウェー島を占領したあとの基地建設のためのものやったわけや。佐世保を出て、瀬戸内海の山口・柱島にはいったのは5月25日でした。鹿児島・鹿屋で訓練中だった飛行機を母艦に収容して、それから実行されたのがミッドウェー攻略作戦です。

ハワイ攻撃から半年後、ときあたかも海軍記念日の5月27日、軍艦マーチが鳴りひびく中で抜錨・出港してミッドウェー島に向かいました。ミッドウェーいうたら珊瑚礁の島ですわ。そこにアメリカ軍の飛行場があるからというんで爆撃に行ったわけです。

最初に言うときます。このミッドウェー海戦はたいへんな負けいくさになりました。ここから負けいくさの連続となって日本は坂道をころげおちていくように敗戦に向かったんですね。

それまでの日本軍というたら海軍によるハワイ攻撃、陸軍による東南アジアでの石油略奪とすべて勝ちいくさでした。だからミッドウェーに向かうときも、ああ、また勝ちいくさじゃとしんじきっておった。わたしら下っぱだけではありませんで。上のやつらもそうでしたんやわ。

それにや。わかっておったですね、つぎはミッドウェーに行くと。わたしら下っぱもみんな「こんどはミッドウェーや」と言うとったもん。上官が言いふらしとったもん。ハワイ攻撃のときとはぎゃくですね。このことからも油断しとったというのがわかるでしょう。警戒心もなにもありません。

だから堂々の出陣ですねん。赤城・加賀・飛龍・蒼龍この4隻の母艦を中心にしてね、ミッドウェーに向けてゆうゆうと出港したわけや。さあ勝ちいくさや。道中も鼻歌まじりや。

山本五十六・連合艦隊司令長官が、つづいて立案したのが北太平洋の米領ミッドウェー諸島の攻略だ。真珠湾攻撃でのがした米主力機動部隊をさそいだして撃破することをねらった。南雲機動部隊の担当は、アリューシャン列島と、ミッドウェー諸島との2方面同時攻略のうちのミッドウェー。1942（昭和17）年6月5日午前1時30分、第1次攻撃隊の108機を飛びたたせた。

「連合艦隊の次期作戦はミッドウェー攻略であるとの噂は、海軍内部だけでなく巷間にも流れており、特に軍港地では公然の秘密となっていたようである。この点でも、ハワイ作戦（略）に比較し、全く雲泥の差があった」「ある戦隊の司令部は横須賀郵便局あてに、『六月以降当隊あての郵便物は左に転送されたい　ミッドウェー』と電報したとのことである」（戦史叢書『ミッドウェー海戦』）。

米軍は、通信の傍受と暗号の解読によって日本の作戦をつかんでおり、真珠湾を5月末に出港させたヨークタウン・エンタープライズ・ホーネットの3空母を配置して待ちかまえていた。

命令どおりの作業をいのちがけでやるだけ

赤城・加賀・飛龍・蒼龍の4隻の母艦から、友軍機が大挙して出ていきます。第1次攻撃隊には飛龍から九七式艦上攻撃18機と零式艦上戦闘9機がくわわりました。ハワイ攻撃のときとおなじで、上空で編隊をくんで飛んでいきます。

ここでも生きる死ぬの恐怖はなし。命令どおりの作業をいのちがけでやるしかないということで頭はいっぱいや。まったくのなりゆきまかせ。目のまえの作業への緊張感はあっても、大局への緊張感はありません。この感覚はわたしだけではなくてまわりのみんなもそうでした。

第1次攻撃隊をおくりだしたあとものんびりする間はありません。すぐに、母艦にのこっている九九式艦上爆撃機の出発準備もしとかんといかん。

ミッドウェーはここからが問題や。

ここで南雲司令長官からの命令や。母艦に待機させとる飛行機から魚雷をおろせ、陸上攻撃用の爆弾に積みかえろと、こういう命令を出しよったんです。ミッドウェー島あたりにアメリカの空母艦隊はおらんなと。それならミッドウェー島へもういっちょ攻撃をしようかと、南雲はこう考えたわけや。

もともと各母艦に待機している飛行機には、アメリカの空母艦隊が出てきたばあいにそなえて艦船攻撃用の魚雷や徹甲弾を積んでおったんです。いつでも出発できるようにと作業をちゃんと終えとりました。それなのに南雲の命令で、せっかくならべとった飛行機を、飛行甲板から格納庫へおろさなければなりません。このころになるとアメリカの反撃もはじまっておりますやん。ミッドウェー島から飛んできた爆撃機から爆弾がおちてきます。雷撃機からは魚雷もきます。戦闘機は機銃掃射をあびせてきます。これらを必死でさけたり、むかえうつ零式を発艦させたりと、その中での兵装転換や。格納庫の中はたちまち大わらわとなりました。

さらにや。また南雲の命令や。こんどは敵の艦隊を見つけたと。ミッドウェー島への攻撃はやめたと。やっぱり魚雷にせいと、こういう命令ですわ。

艦内は大わらわの上にてんてこ舞いです。飛龍もほかの母艦もアメリカのはげしい反撃にあっている中でのことです。爆弾からひっしで逃げます。近くでものすごい水柱があがります。魚雷もひっしでかわします。母艦ぜんたいが右に左にぐわんぐわんとゆれています。そうした中での作業ですねん。

話はここで終わりません。

ミッドウェー海戦の敗因としてあげられるものに、南雲司令部の迷走がある。その象徴が2度の兵装転換命令だ。

一度目の転換命令は、第1次攻撃隊が飛びたってから2時間45分後の6月5日午前4時15分。母艦に待機させている飛行機の兵装を、米艦船の出現にそなえた艦船攻撃用から、ミッドウェー島を攻撃するための陸上攻撃用の爆弾にかえろというものだった。

その直後、南雲司令部は米艦船発見の報を受ける。

二度目の兵装転換命令は、最初の命令からわずか30分後の午前4時45分、兵装を艦船攻撃用にもどせというものだった。

このちぐはぐな命令が母艦内の現場に大混乱をまきおこした。

さらにつづけて南雲司令部に、こんどは米空母発見の報がはいった。

まちかまえていた米航空母艦

こんどはアメリカの空母らしきものが1隻おると、ここではじめてわかりました。アメリカはね、手ぐすねひいてまちかまえていたわけです。ミッドウェーの近くに空母をはこんできてね、待機させとったわけです。それまでにな、あらゆる手段を駆使してね、日本の無線を傍受してね、暗号を解読してね、いろんな方法で日本側のうごきをキャッチしとりました。われわれが来るというのも、いつごろ来るというのも、こちらの艦隊のうごきをみんな知っとりました。ねらっとったわけですやん。ミッドウェー島にも飛行機をあつめてね、兵隊もあつめてね、弾薬もたっぷり用意しとりました。

むこうに知られとるということを、こちらは知りません。あいてに空母がおるなんて夢にも思っていなかったんやからね。どうせ勝ちいくさやと警戒心ゼロですからね。こちらのうごきを知られとるかもしれんなんてことは考えてもなかったんですね。これは海軍上層部の初歩的失敗やとわたしは考えとります。ハワイにアメリカの空母がいない。ならばどこにおるんや。そんなことをしらべておくべきでした。

とり消されない命令

あいてに空母はおらんと思っとったのに、おるとわかった。そしたらその空母をやっつけないきませんやん。ほうっておいたら空母から飛びたった飛行機にこちらがやられてしまうからね。ともかく緊急の措置として1分でもはやく飛行機を発進させるべきやった。それなのに南雲は命令をとり消さないいんや。

飛行機の腹にいったん装着したものをはずして、おろして、ほいでほかのものを装着してというのは大しごとなんですわ。なんせ爆弾は1発250キロのものも800キロのものもあるんやもん。魚雷だって1発800キロあるんやからね。ひょいと肩にかついで飛行機の下にぱっとつるしてとはいかんでしょう。よいよいと機械かなんかで自動的につけかえできるものとちゃいますよ。母艦の底の弾薬庫から台車に乗せてやな、飛行機のところまで持ってきてやな、それらを手でやるんです。爆弾と魚雷は飛行機の腹にくっつける金具もちがいます。弾に巻きあげバンドをつけて、巻きあげ機で巻きあげてと2時間ぐらいかかりますやん。

しかも、ミッドウェー島に飛んでいった第1次攻撃隊もすでに母艦上空に帰ってきとるんです。その時間はおおよそ計算できるんです。ガソリンをこれだけ積んで飛んでいった。帰ってくる時間はこれこれや。ぽんと出とるんです。ほうっておいたら燃料が切れて海におちてしまうでしょう。これらを着艦させる作業もしなければいけません。すぐに格納庫におろさなければいけません。ガソリンを補給します。あたらしい爆弾も装着します。つぎの攻撃の準備をするわけです。アメリカの攻撃もつづいておるんですよ。「よっしゃ、準備ができるまで待ってます」なんてことを言ってくれますかいな。戦争やっとんやもん。待ったなしですわ。

あほが。ばかたれが。南雲の命令にそう思たな。ものすごく腹がたちました。なにをやらせるんや。いまのあいては空母や。沈める必要はないんです。はやい話が戦闘力をゼロにしたらそれでいいんでしょう。それやったらいま積んでいる爆弾でじゅうぶんなんです。空母なんて甲板に爆弾1発をおとしたら飛行機を飛ばせんようになるでしょう。沈んだもおなじですやん。それに1発あたれば空母は火の海になります。火がついたら飛行機は飛べません。やはり沈んだも同然ですやん。火災でじゅうぶんなんですわ。こんなことは空母の構造を考えたらあほでもわかるやないかと。飛行機の兵装をかえる必要はぜんぜんありません。敵に空母がおるとわかったと。よっしゃと。いまの装備のままでええ。そのまま行けー。こう言わなあかんやつをやな。ところがやな、わたしのような一兵卒でもわかるようなことを南雲はやらなかったんです。命令を撤回せんのは、おのれのメンツがあるからやろ。なにさまじゃ。

それでも現場は命令にさからうわけにはいかんでしょう。このときをアメリカにねらわれたわけですわ。空母から飛行機を飛ばしてね、こちらを爆撃しにきたわけです。手も足も出ません。

飛龍の両舷には12・7センチ高角砲を1番から6番まで計12門つんどります。連装と三連装の機銃も1番から12番までようけあります。25ミリ弾のごっついやつな。それをようけ積んどりますからバッバッバッバッバッと反撃です。ダッダッダッダッとうっておりますやん。ひとっつもあたりません。ミッドウェー海戦の日はお天気やった。だけどあたりません。それこそ弾煙で太陽の光が見えなくなるぐらいうちまくっていました。ひとっつもあたりません。あたらんのですわ。まずあたらない。不思議なぐらいにあたらない。みごとなぐらいあたらんもんやと思いました。あたったのは1回も見ません。

わたしたち整備兵は、反撃のために零式戦闘機を飛ばす作業でも大いそがしや。弾煙と騒音とをかいくぐって格納庫と飛行甲板とを行ったり来たりしとるわけです。だから空中戦をやっとるのも見えました。

アメリカの飛行機がな、零式戦闘機に反撃されてジャブーン・ジャブーンと海におちていきます。航空機には航空機をもってあたらんといかんなとつくづく思いました。でも日本の飛行機もおちていくんです。チャボーンと海につっこみます。それこそ敵もみかたもわからんぐらいにジャブーン・チャボーンと海におちていきました。なにも感じません。搭乗員を乗せたまま海の中に沈んでいきます。それを見たって考えがおこらないんです。かわいそうとかの感情がないんですわ。いざとなったら感情は飛んでしまいます。その意味では平常心ですわ。

もうね、どうにもしようがないんですわ。こうなると赤ちゃんの手がひねられるのといっしょ。思いきりひねられました。なすがままにやられたわけです。わたしたちの機動部隊には母艦4隻のほかにも多くの戦艦や巡洋艦もおりましたが、アメリカの飛行機は母艦のほかは見むきもしていないようでした。はやくも、はるか向こうの水平線でね、加賀・赤城・蒼龍が被弾して真っ黒なけむりをあげて燃えておりました。えらいことになっとると思いました。でもどうしようもありません。助けられんしな。こっちは格納庫で大いそがしや。敵の飛行機がなんぼきても、はげしい攻撃をなんぼくらっていても、うごきがとれません。前途は真っ暗や。

格納庫が大混乱におちいっている中、アメリカ軍の急降下爆撃機がふりかかってきた。
5日午前7時23分、加賀被弾
5日午前7時24分、赤城被弾
5日午前7時25分、蒼龍被弾
2度の兵装転換命令によって巨大な魚雷や爆弾は格納庫に置きっぱなしになっていた。燃料と弾薬を満載した飛行機に火がつき、誘爆がはじまった。
5日午前7時46分、赤城にあった南雲司令部が避難をはじめる。司令長官の南雲忠一（中将）・参謀長の草鹿龍之介（少将）・首席参謀の大石保（中佐）・航空甲参謀の源田実（中佐）らが軽巡洋艦「長良」に乗りうつった。

飛龍も被弾

いったい南雲はなにを考えていたのか。「そのままでええから行け」と言わなあかんやつをやな、いや、装備をとりかえろと言いはって時間をむだにした。これですやん。

南雲の命令がまちがいやったという証拠があります。飛龍の山口多聞司令官（1892〜1942）はやな、アメリカの艦船を見つけたときに「いますぐ発進させろ」と南雲に言うたらしいですね。知らんぷりされたんで、それで山口司令官は、加賀・赤城・蒼龍の3母艦がやられた後、南雲の命令を無視するかっこうで飛行機を飛ばしたんですわ。それでアメリカの空母ヨークタウンをやっつけることができました。これでええんですわ。

あちらでは加賀・赤城・蒼龍が燃えている。飛龍はこっちにおりました。少しはなれていたから最初はぶじでしたんや。ということは、のこるのは飛龍1艦だけや。最後に急降下爆撃機の集中攻撃を受けるわけです。それまでの攻撃はじょうずによけとりました。でもこんどばかりはどうしようもないわけや。むらがるような攻撃ですからね。こらもう「飛んで火にいる夏の虫」ですからね。もう戦闘機も爆撃機も雲霞《うんか》のように来ましたで。海からは魚雷攻撃や。飛龍は蛇行しながら全速力でにげまわりました。なんとか魚雷はかわすことができましたが、ついに爆弾が命中してしまいました。

ガーン・ダーン・ドーン。

そういう音がしたように思いますな。火の玉も見えました。1発目は船のまえのほうや。2発目、3発目、4発目も飛行甲板の前方におちました。

――5日午後2時3分、飛龍被弾――

これで飛龍はしまいや。爆弾が直撃したからといって、どうしようもありません。どこに逃げたって死ぬんですわ。だって船が沈むんやから。わたしら兵は死んであたりまえや。だけど本能でしょうな。わたしはガーンという最初の爆音がしてすぐさま母艦のうしろへかーっと走って逃げたわけですわ。飛行機搭乗員の居住区のそばを必死で走りましたわ。

直撃をくらったときは飛行甲板の近くにおりました。わたしら整備兵の居住区は水面下にあると言うたでしょう。そこにおったらたすかっていなかったですわ。さらに運がよかったのは、その整備兵やったということです。船の中で兵の勤務場所は決まっております。機関兵は船の底の機械室と缶室や。高角砲や三連装の機銃につくものはそこにおらなあかん。どちらも自由にうごけません。こらあぶないと逃げるわけにはいかないでしょう。整備兵の勤務場所は、ありがたいことに船の中ぜんたいや。どこに行ってもいいわけですわ。だから爆弾が命中したとき、わたしは飛行甲板の近くにおって逃げられたわけです。

地獄絵図――火の海と誘爆

最初の1発で飛龍の運命は終わりですやん。

くりかえしになりますけれどな、母艦は喫水線の上が飛行機を入れる格納庫でがらんどうです。柱もなにもありません。ところがや、両側の壁には右も左もガソリンパイプが何本もとりつけられて縦横にはしっとります。飛行機に補給するためのもんですね。母艦に爆弾があたるでしょう。そうするとパイプがやぶれるでしょう。ガソリンがもれます。それに火がつきます。どないなりますか。格納庫ぜんたいがたちまち大火災になります。あんのじょう、母艦も大火災になりました。空母は爆弾1発で終わりというのはそういう意味ですねん。長い艦体が瞬時に燃えだすんやからね、たまったもんじゃないんですわ。

しかもや。格納庫の床には、弾火薬庫からあげてきた爆弾がごろごろおいてあるわけです。あの南雲の命令を受けてほうってあるやつですね。これがごろごろしとります。爆弾は1発が250キロのも800キロのもあります。魚雷も1発800キロあります。これらが艦の中で大音響とともにつぎつぎと爆発しました。誘爆と言いますねん。これが4母艦の中で起こったことです。

1発250キロの爆弾がですよ。800キロの魚雷がですよ。それが船の中で爆発するんですよ。それも1発や2発とちがうんやからね。格納庫の中で、へやの中で爆発するんですよ。

どないします。想像してください。人間、生きとりますか。もはや艦の内部に生きとる人間がおれるところはどこにもありません。1発が誘爆するたびにゴーン・ゴーンというでしょう。ダーン・ダーンとなるでしょう。これがくりかえしだからね。大火災の上に誘爆や。消火をする暇はありません。地獄絵図とはこのようなものでしょう。2万トンちかい艦体が誘爆の衝撃で不気味にビリビリビリーッ・ビリビリビリーッとふるえるんですわ。

こわかったあ。

唯一の生存空間

それにしても生きのこったものはどこにおったんや。格納庫はガソリンの炎上と誘爆で大火災や。船ぜんたいが大火事や。人間のおるところがないわけですからね。

ところがね、ありがたいことにね、飛龍の艦首と艦尾の甲板の下に、長さでいうたら20~30メートルぐらいの空間がありました。船のさきからしっぽまでがずっと格納庫というわけではないんですわ。まえとうしろにそれぞれ鉄壁のしきりがありますねん。そのさきが空間になっとるんですわ。そういうところあるんですね。わたしはうしろに逃げました。ここしか行くところないんやから。ここしか人間おるところないんやから。士官も下士官兵もなにも生きとるもんはほとんどこの空間におったわけです。まあ、よくたすかったもんですわ。

この空間におるときも誘爆はつづいております。母艦にはふつう、駆逐艦が護衛のためについています。飛龍には風雲・巻雲・秋雲・夕雲がついとりました。2隻が飛龍に近づいてきて消火ホースをのばして放水するんですが、文字どおり焼け石に水ですわ。

不気味な静けさ

やがて夜になりました。母艦は太平洋のど真ん中で止まっています。エンジンも止まっております。もう燃える物はすべて燃えてしまいました。艦内に燃える物はなにもありません。爆弾も全部爆発して誘爆も終わりました。きもち悪いぐらいに静かになりました。静寂ということばでは言いあらわせません。不気味な静けさなんです。作戦がはじまってから飯はいっさい食べていませんが、空腹感はなし。母艦はただ浮いとるだけです。そのうちに海水が浸入してきました。艦がかたむいて海面が近づいてきました。

1942年6月5日午後3時43分、日没。午後11時55分、電令「AF攻略ヲ中止ス」が出される。AFは地名略語でミッドウェーのことだ。

飛龍の加来艦長から「総員集合　飛行甲板」という号令が突然ありました。なんやって思って、逃げこんだ空間甲板から上の飛行甲板へ、やっとの思いではいあがりました。断崖をのぼるようなもんでしたわ。

あがってみると、そこには、かつての飛龍のすがたはありませんでした。爆撃によって甲板もなにもかもぐちゃぐちゃですねん。誘爆による爆風は上にあがるでしょう。厚い鉄板やら薄い鉄板やら船の中には区切りがようけあるでしょう。そんなものがみんな、船の中の物が全部、上にふっ飛んでしまっとるわけです。

もう船のすがたなんかしていません。艦ぜんたいが大きな口のようになって、夜空に向かってぽかんとあけているようなありさまです。艦の底まで不気味にまる見えや。ただ船体の両側がのこっているわけや。それでかろうじて浮いておったわけです。

黒こげのなきがらと退艦命令

あつまった場所は艦橋の下でした。飛龍の艦橋は船の左側についとって、そこにちょっと飛行甲板がのこっとったわけですわ。そこへあつまりました。

加来艦長のすがたが見えました。重くるしい声が聞こえてきました。「生き残った者に退艦を命ずる」「君たちは再び奮起して祖国のために戦争を遂行して欲しい」というような訓示だったと思います。つづいて山口司令官もなにかを話していましたが、これは聞こえませんでした。

艦長が退艦命令を出しましたから、ようやく退艦行動にうつったわけです。海軍は船が自分の守り場所やからね。爆撃を受けて船といっしょに吹きとばされたら、これはしゃあないですわ。こわいからとか、死ぬのがいややからと艦長の命令なしに船からおりたら逃亡罪になります。ま、よく考えたら船の外は太平洋のど真ん中や。飛びこんでもおぼれるかフカに食われるかだけや。どちらにしろたすかる道はないんですわ。

退艦行動の途中にね、一番よう目についたのは兵科のものです。高角砲やら機銃やらの銃座にすわったままのすがたで黒こげになって焼け死んどるんですわ。あいての飛行機をうたなあかんでしょう。決められた持ち場をはなれたらあかんのやから、あぶないと思っても逃げられんのやから、すわっとるまま死んでいるんですわ。

黒こげになった遺体があちこちにごろごろしとりました。手も足も頭もばらばらにちぎれている戦友のすがたをようけ見ました。からだがまっぷたつにこわれたもん。いつつにもむっつにもこわれたもん。足がなくて焼け死んどるもの。腰から下がふきとばされておるもの。飛びちっている手や足。たすけをもとめる声はありませんでした。時間がたっとるからみんな死んでしまっておりますやん。なきがらを見るだけでした。かわいそうなのは船の底にいた機関科の兵や。上は火の海や。逃げるところがないじゃないですか。船は鉄板でできているでしょう。まず上の鉄板が真っ赤にやけて、その熱が下へ下へとつたわるじゃないですか。下に閉じこめられた機関兵はどないなります。まず酸素がなくなります。蒸し焼きです。蒸し焼き、蒸し焼きで死んでしまったんですよ。

役たたずの士官と指揮をとった古参兵

駆逐艦から救助ボートがまわってきました。われわれは艦首の錨甲板から逃げることになりました。生存者はふたたび下の甲板までおりました。ロープをするするーとおろして、それをつたって救助ボートに乗ります。それから駆逐艦へうつるわけです。

みんなはよう逃げたいわけですわ。まごまごしとったら夜があけるでしょう。そうするとふたたび攻撃を受けてしまうでしょう。さっさと逃げてかえらなあかんけれどやな、まずは負傷者を乗せるべきや。それなのに江田島（士官を養成する海軍兵学校は広島・江田島にあった）を出たわかい士官なんかはな、わたしたちといっしょにうろうろするだけや。士官は統制をとらないかんのに、その他おおぜいの兵になっとるだけです。指揮能力がゼロなんですわ。こうなると統制がとれません。ふだんは襟章をつけておれは士官やといばっているけれどな、どないしたらいいのかわからんわけですわ。措置をとる腹がないですやん。

このようなときは階級ではなくて気力と胆力や。その点、下からきたえあげた古参の兵曹長（准士官）はたいしたもんや。日本刀をばっと引きぬいて、「貴様たち、よく聞け。これからおれが指揮をとる。命令にしたがわないやつはぶったぎる」とさけんだんですわ。さすが苦労しているたたきあげはちがうなと。たくましくて責任感もつよいなと。そう思いましたで。みんな兵曹長の命令にしたがって整然と退艦しました。

萬代久男編『空母飛龍の追憶』はこう記録している。

六月五日
一四〇四　飛行甲板前部ニ爆弾一命中火災続イテ三弾命中
（略）
一六三〇　傾斜左舷七度
一八二五　艦橋火災
一九〇五　風雲、左舷ヨリ消火ニ協力
一九四五　冬風、右舷ヨリ消火ニ協力
　　　　　御写真ヲ風雲ニ奉遷
二〇〇〇　停止
二二二〇　機関科指揮所総員戦死ト判断ス
二三三〇　総員集合
二三五〇　艦長訓示、司令官訓示、皇居遙拝、天皇陛下万歳三唱
六月六日
〇〇一〇　将旗ヲ撤ス
〇〇一〇　軍艦旗降下

○○一五　艦長、総員ニ対シ退艦下令

飛龍に魚雷を発射

ようやく飛龍の乗組員は、駆逐艦の巻雲と風雲にうつりました。6日の午前1時30分ごろでした。やれやれや。でもな、ひょっと見たら飛龍は沈まないで浮いとります。われわれのまえに黒く大きな艦姿を浮かべておる。あれだけの大爆発を起こしても沈まなかったんですね。母艦にはいろんな秘密があるでしょう。そのままほうっておいたらアメリカに戦利品やと引っぱっていかれるでしょう。それこそ世界に対する海軍の大恥や、ええ恥かくことになると、こういうふうに考えられたんでしょうな。

どないしたか。だれが決めたのか知りませんけれどね、わたしが乗った巻雲が大きくカーブして飛龍に近づいていきました。それから魚雷を2発ぶっぱなしました。機密保持のねらいがあったというてもびっくりですわ。日本の駆逐艦から日本の母艦へ魚雷をはなったわけです。その光景を甲板で見ていました。みかたの船がみかたの船を沈めるんです。こんなこと、考えられますか。飛龍だけじゃありません。赤城も魚雷処分されておるんですわ。ところが戦争になったらこうしたことも起こるんですね。

飛龍の中央あたりから大きな火の玉があがるのを見ました。あ、これで確実に沈むわいと確認して駆逐艦は全速力で内地に向かいました。

飛龍にのこった2人

飛龍にのこったひともおります。山口司令官と加来艦長です。この2人は、わたしたち部下をおろして母艦にのこりました。天皇陛下のだいじなだいじな船を沈めることになる。もうしわけない。死んで責任をとる。そういう意味で船をおりなかったわけですね。

2人は艦橋にいるはずですが、暗くてすがたは見えませんでした。艦長といえば一兵卒のわたしからすると雲の上のひとですやん。そのひとたちはそのひとたちなりの方法で責任をとったわけですわ。そういう意味では、わたしたちと階級はちがうけれども、時代の犠牲者になったということはおなじですわ。内地で作戦をねったり命令したりするヤツらは安全な場所におるからね。こういうヤツらの責任をかわりにとらされたとも言えます。

そういう責任のとりかたをせんでもいいのになあ。それでも2人は死んだもんなあ。

このときから75年以上がすぎました。山口司令官と加来艦長は飛龍の多くの戦友とともにいまだに深さ5000メートルの太平洋に沈んでおります。

ふたたび『空母飛龍の追憶』から――

○一三○　総員退艦風雲及巻雲ニ分乗終了（司令官艦長ハ艦ト運命ヲ共ニシ壮烈ナル戦

死ヲ遂ゲラル)
風雲、巻雲、行動開始
○二一〇　巻雲、飛龍ヲ雷撃、雷撃後漸次艦首ヲ降下沈下ヲ始ム
位置　三一―二八北　一七九―二三西
水深　約五〇〇〇米

このときの飛龍には一〇〇人以上の生存者がのこっていたとの証言もある。沈没直前に脱出して米軍の捕虜になった一部の機関兵ら34人のほかは太平洋に沈んだ。

生きて内地にかえったえらいひともおるんですわ。あの兵装転換というまちがった命令をだした司令長官の南雲忠一と参謀長の草鹿龍之介(1892~1971)です。こいつらは最初は赤城に乗っておって、はやめに長良に乗りうつってね、死ななかった。たすかって内地に帰ってきとる。しかもミッドウェー海戦から1カ月後、第三艦隊の司令長官と参謀長についておるんですわ。その後の作戦でも多くの部下を死なせました。南雲はサイパンで死んだらしいですけれどね。草鹿は戦後も戦後、1971年まで生きとりましたわ。そんなんですわ。

くさった焼き肉のにおい

飛龍から火の玉があがって、駆逐艦は全速力で逃げかえりました。このときににぎり飯をも

らいましたな。朝飯の記憶はありませんし、昼と晩はもちろんありませんからね。地獄で仏に見えましたで。

駆逐艦は1000トンぐらいしかありません。ちっさいじゃないですか。もともとの乗組員もおるでしょう。そこに飛龍の生きのこりも乗りこんだから通路もすわれないぐらいになったんですわ。途中の太平洋の真ん中で船をとめて戦艦「榛名《はるな》」に乗りうつりました。

その榛名にも、最初にやられた3隻の空母の負傷者がたくさんおりました。わたしたち飛龍の生きのこりもくわわりました。通路で寝たり起きたりするしかないわけや。

そのときの艦内の雰囲気というのはな、通常のものとはちがいましたで。あれだけの大敗でしょう。くやしいというきもちもなにもありません。みんなぼんやりしとるだけですわ。服もぼろぼろですやん。まるで敗残兵ですわ。

負傷者のほとんどがガソリンによるやけどですねん。このにおいがね、なんとも言われない。船の中ぜんたいが焼き肉のくさっとるにおいで充満しておるわけですわ。これはきつい。

看護兵は大いそがしや。毎日3人、5人と死んでいきます。海軍は船の中で死者が出るとすべて水葬です。焼く場所も燃料もないからね。遺体を毛布でまいて、くさりでしばります。大きな鉄のおもりをつけて海におとします。これで終わり。遺骨なんかありません。

ところがね、戦死者の家に「遺骨」がとどくんですわ。あけてみたら髪の毛がはいっとったり石ころがはいっとったりするわけです。あるいは、だれのものかわからん骨がはいっているわけです。そんなことを軍は平気でやるんですね。

加賀の811人、蒼龍の711人、飛龍の392人、赤城の267人、その他の船の乗員らをあわせて3057人が亡くなった。米側の戦死者は362人だった（澤地久枝『記録ミッドウェー海戦』）。

米軍機の機銃掃射を受けていた瀧本さんは、肩にめりこんだ銃弾の破片を摘出するため帰港後に入院した。そこでの体験が国や軍への疑いをいだくきっかけとなる。

ミッドウェーから逃げかえってきて柱島に着いたのは昭和17（1942）年の6月中旬でしたかな。入港の2～3日前から右わきの下に痛みを感じるようになって腕があがらなくなった。さわるとこりこりとかたいものがある。まわりの肉もかたくなっている。軍医にみせると「あかん。弾がはいっとる」と言うんですね。入港と同時に、ほかの負傷者といっしょに病院船へ乗りうつりました。

罪人のような監禁と、大本営のうそ

瀬戸内海をとおって佐世保へ向かいました。病院船が佐世保に着くと、われわれミッドウェー海戦の負傷者に対して「全員この病棟にはいれ」という命令が出されました。これはわかる。

こっちはけがしとんのやからね。それで病棟にはいれと言うんやからね。ひとつの病棟に入れられました。

するとこんどは「この病棟から一歩も外に出てはいけない」。こんな命令なんですわ。「ほかの病棟のものといっさい話をしてもいけない」。こういう命令も出されました。

これはおかしいなと。食事も入浴も便所もすべてほかの病棟のひととはべつべつやと。外出も面会もいっさい禁止やと。わたしにしたらね、なんでやと。まるで缶づめやないか。罪人あつかいやないか。おれら、そんな悪いことしたおぼえはないわ。そう思とりますやん。こんなばかな話はないと腹がたちました。

理由はすぐにわかりました。あくる日でしたかな。看護婦が新聞をもってきてくれました。看護婦も箝口令をしかれとるはずやのに、どういうあんばいか知らんけれどな。しんせつなひとやったね。たしか『朝日新聞』でした。それを見たらね、ミッドウェーのことが載っているんです。わがほうの戦果はこれこれや、損害はこれこれやと載っている。1隻撃沈、1隻大破。これですよ。こういう記事が載っておるんです。

1942年6月11日付の『朝日新聞』(東京)は前日にあった大本営発表として「ミッドウエー沖に大海戦/アリユーシヤン列島猛攻/陸軍部隊も協力要所を奪取」「米空母二隻(エンタープライズ、ホーネット)撃沈/わが二空母、一巡艦に損害」と報じた。

ミッドウェー海戦を報じる1942年６月11日付『朝日新聞』朝刊１面（東京本社発行）

「本作戦に於ける我が方損害」として「(イ)航空母艦一隻喪失、同一隻大破、巡洋艦一隻大破 (ロ)未帰還飛行機三十五機」と書いていた。実際は空母4隻、飛行機285機をうしなっていた。

びっくりですわ。大本営はこんな大うそをついておるのかと。実際は4隻がゼロになったんでしょう。ところがね、2隻しか被害がなかったかのような発表をしとるんですわ。こっちは、そこに行っとったわけやから。この目で見とったわけやから。虎の子の4隻をたった1日で失ったことを知っておるわけですから。海軍最強の機動部隊の大半が失われたことを知っとるから。太平洋戦争はじまって以来最大となる損害を受けたことを自分の目で見とんのやからね。

それまではね、天下の大本営というたらね、そこが言うことは、こら真実やと思とりますやん。まちがいないと。ほんとうのことやと。そう思とりますやん。それだけにダメージが大きいですやん。わたしだけじゃなくて、最初のころは国民のみなさんもそうだったのではないでしょうか。あとあとでね、こらあやしいなと気づきはじめたでしょうけれどね。その大本営が大うそを堂々とついておるんですわ。大うその発表をして新聞に書かせているわけですわ。

こうしてわたしたち下っぱの軍人をだましていたんやなと気づかされました。国民をだますにもほどがあると思いました。わたしたちを病棟に監禁したのも、われわれの口から真実がもれることをふせごうとしたんやな。ときの政府、ときの軍隊はうそをつくんだな。そう思いました。この様子では、国や軍の言うことを信用してはいけないなとも思いました。信用できますかいな。これがね、ざんねんながらね、当時の軍のほんとうのすがたなんです。

辻田真佐憲『大本営発表　改竄・隠蔽・捏造の太平洋戦争』によると、天皇直属の最高司令部・大本営の戦況発表は41年12月から45年8月までに847回あり、初期はほぼ正確だった。しかしミッドウェー海戦を機に戦果の誇張と損害の隠蔽の度合いが急激に高まっていく。日米の形勢逆転がはっきりした43年からは撤退を「転進」に、全滅を「玉砕」にといいかえるようになり、うそのかたまりと化していった。太平洋戦争中に沈めた連合軍の船は戦艦43隻・空母84隻と発表していたが、事実は戦艦4隻・空母11隻にすぎなかった。ぎゃくに日本の被害は戦艦3隻・空母4隻としていたが、ほんとうは8隻・19隻だった。

第4章

国にだまされた

1945年、米軍艦船へ体当たり攻撃に出撃する海軍特攻機（撮影場所　沖縄県）。日本軍が、戦死前提の自爆攻撃「特攻」を組織的にはじめたのは1944年10月、フィリピン・レイテ沖海戦での海軍の神風特別攻撃隊から。翌11月には陸軍にもひろがった

ミッドウェー海戦についてのわたしの考えは、軍上層部の命令が敗因やということです。アメリカの艦隊を発見しました。どうやら空母もおるらしいと。そこからの南雲の命令で現場は大わらわや。そのあいだに爆撃を受けたわけです。あいての空母を攻撃する飛行機を飛ばせたのは飛龍だけでした。のこりの3隻の母艦はアメリカのなすがままにやられました。

上層部があほ指令を出したために、死ななくてもいい兵が死んだんです。上層部が判断をまちがえたために、死なんでもいい下のものが死ななあかんようになったんです。死なんでもいいのに死んだんやったら、これはむだ死にじゃないですか。

以上がミッドウェー海戦のあらましです。

いまもむかしも、えらいひとは失敗の責任を末端におしつける

なによりも、ミッドウェーでの大敗で日本は降伏するべきでした。たった1日で空母4隻がなくなったんやからね。これで海軍は終わりました。いくら戦艦がたくさんあっても役にたちません。飛行機を飛ばせる母艦があってこその戦闘力だからね。いくら母艦や飛行機があっても、乗組員や搭乗員がいなければ役にたちません。優秀な兵を短期間で養成することはできま

せん。海軍の機動部隊はミッドウェーで至宝を失ったのです。致命的な敗北をきっしたのです。ここはね、えらいさんが両手をあげてやね、白旗をあげてやね、それをせんといかんかったところです。

わかもののいのちがだいじやとほんとうに国が思っとんのやったらね、なるべくわかものを殺したくないと本気で思っとんのやったらね、あのへんで戦争をやめて「まいった」と言わなあかんところですね。言わなかった。言えるヤツがおらんかった。まいったをしなかった。ざんねんなことに指導者の中に人物がおらんかった。いのちがけで声をあげるものがひとりもおらなかった。それが悔やまれます。

しかもですよ、まちがった命令を出したえらいひと。こういうひとは反省もぜんぜんしないんです。太平洋戦争がすんだらね、ちゃんと反省会をひらいてね、勉強会をやらなあかんでしょう。やりません。

ミッドウェー海戦後に軍当局がしたことは、生存者の監禁、「被害秘匿のため特種な人事処理」（戦史叢書『ミッドウェー海戦』）、戦訓研究の禁止といった徹底的隠蔽だった。

森史朗『ミッドウェー海戦』は、南雲司令部による2度の兵装転換命令よりも深刻な真因をあきらかにした。それは、第1次攻撃隊をおくりだしてから50分後の6月5日午

前2時20分、南雲・草鹿・大石・源田から各艦にだされた信号命令「本日敵機動部隊出撃ノ算ナシ」だという。事実は3隻の空母に待ちかまえられていた。「何とのどかな敵情判断だろう！」「過去半年にわたる連戦連勝気分の油断の頂点たるもの」と森氏はいきどおりをかくさない。「だが、この致命的な敗北の原因となった司令部発の信令は、戦後のいかなる戦史にも登場してこない」のはなぜなのか。森氏は、海戦直後に極秘裏にまとめられた海軍の公文書「第一航空艦隊戦闘詳報」から信令が意図的にはぶかれていたことを突きとめている。

それどころかや、戦後にミッドウェー海戦のことをしらべると、えらいひとは自分の責任をみとめるどころか、反対に責任を末端におしつける考えを発表さえしておるわけです。

ミッドウェー作戦の失敗は下士官兵どもが装備変更の作業に時間をかけすぎたから、すばしっこく行動せんかったから、飛行機の発進がおくれて敵の攻撃を受けることになったからと、それが敗因やと、こういう見解を出しとるんですね。下士官兵の責任にしとるわけですわ。とんでもない話や。おのれのまちがいを棚にあげてや、こういうことを言うとるんです。責任を下におしつけておるわけです。責任を塗りかえとるわけですわ。

ミッドウェー海戦後の南雲と草鹿のことは前にいいましたな。大石と源田はどうなったか。2人とも戦争を生きのびました。大石は戦後すぐに死にましたが、源田なんかはな、政治家になって最近まで生きとりましたわ。

源田実（1904〜89）は戦後、航空自衛隊に入隊し、59年には航空幕僚長に就任。その後、自民党の参院議員を86年まで連続4期つとめた。
大石保（1900〜46）は戦後、第二復員省・佐世保地方復員局の要職に就き、海軍軍人の復員業務にあたっていた。在職中に亡くなった。

よくおぼえておいてください。えらいひとは失敗の責任を絶対にとりません。反省もしません。これは戦前のことだけではありませんよ。いまもむかしもぴたりとおなじ。少しも変わっていません。

あんがいな、国家とはこんなものかもしれません。われわれ国民はもっと知恵をつけて自分の身を守らないといけないということです。そういうことをわたしはミッドウェー海戦で学びました。官僚はけっして責任をとりませんよ。おのれの立身出世のみを考えておる。いまの政治家ら中枢におって国をうごかしているひとはどうですか。ちゃんと責任をとってくれていますか。国民ひとりひとりのいのちをだいじに守ってくれておりますか。

わたしは、守っておらないと思っとります。

弾丸摘出のため佐世保海軍病院に1カ月半入院した瀧本さんは、退院後の1942(昭和17)年12月21日、こんどは追浜《おっぱま》海軍航空隊(神奈川県横須賀市)に入隊して第52期高等科整備術練習生となった。

ミッドウェー海戦で受けた肩のけがは1カ月半の入院でなおりました。こんどはどこへおくられるんや。

最初は、鹿屋海軍航空隊に配属されて零戦の整備を担当することになりました。ここで、わたしなりに思うことがありました。巨大な時代のながれの中ではひとつぶの歯車となるしかない。その中にあっても、わたしなりに考えて、あくまでも初志をつらぬいて海軍で身をたてようと思いました。飛龍に乗るまえに普通科の練習生を終えていたので、こんどは高等科の練習生をめざすことにしました。

高等科での9カ月間は、より高度な理論と技術の両面の修業です。飛行機のことを理論的におそわって、ほれから整備のしかたをならうんですが、とにかく普通科より高等なんですわ。現場における戦闘力の中堅幹部・技術幹部を育成・養成するところですから理論もむずかしくて、大学の教授がおしえにきていました。

——「高等科整備術練習生の航空工学や発動機理論などは、相当に程度の高い内容のものだ——

った。機体の教科書は、真空や気圧を説明するトリチェリーの実験にはじまり、空気抵抗、曲面飛行翼、プロペラ、飛行機の安定、釣合、強度などなど。その理解には、どうしてもあるていどの数式がいる。勉強はさぞ、頭の痛いことだったであろう」（雨倉孝之『帝国海軍下士官兵入門』）。

はれて下士官——水兵服からボタンつき軍服に

在校中の昭和18（1943）年5月1日、二等下士官（海軍二等整備兵曹）に任用されてはれて任官しました。17歳で志願してからまる4年、21歳のときでした。

任用されるとすべての面で待遇がとりわけよくなるんですわ。「上陸二分の一」と言いましたな。船が入港したときには2日に1回の上陸外泊もゆるされます。それまでの水兵服から、五つの金ボタンがついた詰め襟の軍服に変わります。ひさし付きの新しい軍帽をかぶった写真を、いなかの両親におくりましたわ。

でもな。わたしは高等科を卒業してからまたすぐに戦地におくられたから、下士官の「うまみ」を知らないんですわ。

8月26日に高等科を卒業すると、これで名実ともに海軍の要員となりました。職業軍人としての基礎がととのったわけです。高等科の特技章を左袖につけとります。このマークをつけているものは少ないので、戦友からも尊敬されるたちばになります。みんなが「高等科の章もちや」「マークもちや」とうやまうきもちを持ってくれるんですわ。そうするとこちらもなさけをかけたらないかんなとか、わらわれるようなことをしたらいかんなとか、自分自身がみがかれていくんですわ。章もちのたちばにふさわしく、態度をいちだんと厳正にして、謙虚に、下級のものへの思いやりをいままで以上にもつよう心がけるようになりました。

どこかわからない部隊へ配属

卒業してからついたのが、九七式艦上攻撃機の後継としてあらたに配備された艦上攻撃機「天山」の基幹員です。横須賀海軍航空隊付になりました。基幹員というのは、あたらしく採用された飛行機専門の整備員のことです。新機種が実戦配備されたときには飛行機といっしょに戦場に行くわけですわ。ほんで前線の現地にいる整備員を指導するわけです。

ところが基幹員のしごとは4カ月で終わりました。指導するチャンスもありません。というのも、昭和18年12月22日付けで第五五一海軍航空隊への転勤を命令されたからです。

それにしても「五五一」なんてはじめて聞いたなまえや。どこにおるんじゃと聞いたら、命令を出したやつも「わからん」と、こういう命令やったんですわ。転勤を命令するやつが転勤先の部隊がどこにおるのかわからんやて、そんなばかな話あるかいなと。

どこにあるのかわからないけれど、おまえはこの部隊にはいれと。どういうこっちゃと。お

に便乗していけと言われて、そのとおりにしました。

のシンガポール）におるらしい」と、こういう話になったんです。シンガポール方面に行く船

れ、どないしたらええんやとつっこみました。しらべてもらったら、「どうやら昭南島（いま

死のトラック島へ

商船を改造した船に便乗して広島・呉軍港を出港し、昭和19（1944）年1月下旬にシンガポールに到着しました。2日ぐらい待っとったら第五五一海軍航空隊が来たんですわ。ほいで入隊しました。シンガポールでは輸送空母「海鷹」に天山を積みました。

それからおくりこまれたのが南洋群島のトラック島です。大きな珊瑚の骨でできた環礁ですわ。このまえ天皇陛下がパラオに行きましたね（戦後70年の2015年4月、慰霊のためとしてパラオ共和国を訪問）。あれとおなじ群島ですわな。いま世界地図を見ますと、ミクロネシア連邦のチューク諸島というなまえになっとります。観光地になっておって戦跡を見に行く日本人も多いそうですな。そこへ向かいました。

どうしてトラック島なんや。五五一ってなんやと考えました。ミッドウェー海戦でやられたとき、大本営は大うその発表したでしょう。この大うそをかくすために、わたしら負傷者を病棟に隔離したでしょう。わたしの勘ではね、この転勤もそれやと思っておりますねん。

けががなおってじょうぶなもんがおりますやん。人間だからしゃべりますやん。そうした生

きのこりをこのまま内地におい《と》いたら、いらんことしゃべるんやないかと。ミッドウェーの大うそがばれてしまうと。それはこまると。そうなるまえに元気そうなやつをさっさとあつめて部隊をつくったれ。そういうのがこの五五一ではないか。それから一番の前線にほうりだしたれ。南の苦労するところに、一番はやく餓死するところに行かしたれ。一番はやく「玉砕」するところにまとめておくったれ。こういう作戦でなかったか。そうやとわたしは思っているんです。

日本は、ドイツ保護領だった南洋群島（いまのミクロネシアあたり）を第１次世界大戦（１９１４～18年）で占領し、委任統治領とした。統治機関の南洋庁はパラオ諸島コロール島におかれ、トラック島の夏島（デュブロン島）には支庁があった。１９３３年の国際連盟脱退後は南洋群島の軍事化をすすめる。

海軍航空隊の名称が大きく変えられたのは42年末。それまでは所在地名を冠していたのを、３桁の番号をふるようになった。門司親徳『空と海の涯で 第一航空艦隊副官の回想』によると、第五五一海軍航空隊は43年編成。スマトラ島を拠点としてインド洋の警戒にあたり、44年２月にトラック島へうつった。

途中でたちよったシンガポールで瀧本さんが合流したことになる。貨客船「あるぜんちな丸」を空母に改造した海鷹に天山26機を積んで１月31日に出港した。

日本政府「南洋庁」のトラック支庁（1944年９月）

ミッドウェー海戦の生きのこりには瀧本さんとにた体験をもつものが多い。『空母飛龍の追憶』収録の手記には、「防諜上、生存者の大部分は、南方勤務となり、その中の大勢の者が戦死していることを思うと胸が痛む」などがおさめられている。

もともと南洋群島の中心はパラオでしたんやわ。ところが太平洋戦争いうたら、戦場のほとんどがずっと南の太平洋のほうに行きよるからね。だから南方方面への中継基地が必要になったわけや。日本から遠いでしょう。しっかりした補給基地をつくらないといけないわけや。トラック島あたりが最適な場所やなとなったわけや。

トラック島は小さな島のあつまりですねん。それぞれに春・夏・秋・冬の四季諸島とか月・火・水・木・金・土・日の七曜諸島とかのなまえがつけられてます。

2日間の大空襲

到着は昭和19（1944）年の2月11日でした。海鷹から竹島（エテン島）の基地に飛行機を荷あげしました。南洋の基地ですから軍艦も商船もたくさんありました。ところがね、また油断をしとったわけや。ミッドウェーに行くときとおなじですわ。わたしたちが竹島に上陸してから6日後の2月17日未明、アメリカ軍機動部隊の大空襲を受けました。機動部隊いうたら空母ですね。17日と18日の2日間ぶっとおしでやられました。あまりにも虚をつかれて反撃なんかできない状態や。やっぱり手も足も出んかった。

ただし兆候はあったそうですね。大空襲の直前にアメリカの飛行機がトラック島に偵察に来とったというんですよ。それで連合艦隊の武蔵とか潜水艦とかはトラック島から逃げておったというんですね。おのれらだけ逃げたわけや。わたしらには知らせなかったんや。ほいで島についてて大空襲ですわ。ええ面の皮ですやん。せめて「用心せい」ぐらいあってもいいでしょう。それもなしやから。知らせてくれとったら少しはましやったかもしれん。

トラック島には1942年8月から連合艦隊の司令部がおかれていた。司令長官は、山本五十六の戦死後にひきついだ古賀峯一（1885〜1944）。

44年2月、おなじ南洋群島にあるマーシャル諸島に連合軍が上陸をはじめ、現地の日本軍が壊滅した。4日にはトラック島にも米軍B24が偵察にきたことから、空襲の危険がせまっていると判断した古賀は10日、武蔵や空母など主力を横須賀やパラオへうつし、自身もパラオにむかった。

この連合艦隊の待避と入れかわりで瀧本さんは翌日、トラック島に着いた。

『空と海の涯で』は、第五五一海軍航空隊が到着したときの様子をこう書いている――「連合艦隊の武蔵以下主力は前日まで環礁内に停泊していたのだが、敵機動部隊来襲の危険を感じて、内地やパラオ方面に待避したという」「今まで連合艦隊司令部が将旗を掲げ、全海軍の中心だったのが、艦隊に待避されて、置いてきぼりを食ったような、ちょっとした不安と、――トラック島はそんな雰囲気であった」

上陸した島の半分は山で、半分が山を削ってつくった滑走路になっていました。その山には島の反対側にぬけるトンネルが2本ほってあって、2日間の大空襲のときわたしはそこに逃げこみました。島に着いたばっかりや。そこしか逃げるところがないんやから。その中でふるえあがっとったもん。爆弾の音がきもち悪いんですよ。生き死にとかは考えません。わたしの記憶にあるのはただ「こわかった」だけや。とにかくこわかった。

穴の中は逃げこんだもんでいっぱいですわ。山そのものはしっかりしとるからくずれるような心配はなかった。ほやけどトンネルの入り口は大きな穴ですわ。そこから弾がはいってこんへんかと心配しとった。それぐらいはげしい空襲でした。

トンネルから出ました。あたり一面あなだらけや。すぐそばに、せまい海をはさんで夏島がありますそこには司令部もありました。巨大な重油タンクが3日間ぐらい燃えておりましたわ。そういった陸上施設も、滑走路も、港湾施設も全部やられました。連合艦隊は逃げよったけれど、一部の巡洋艦や駆逐艦はのこっておりました。いれかわりのように来た貨物船やタンカーなども軍港におりました。輸送船も寄港しとりました。それらがぜんぶ沈められました。もとからあった飛行機も、われわれが陸あげした天山もふくめてみんなやられました。

1944(昭和19)年2月21日の大本営発表は「地上施設に若干の損害あり」。しかし『戦史叢書』各巻によると、駆逐艦などの艦艇や荷あげ中の船舶など40～43隻が沈められ、飛行機も270～300機以上が破壊されていた。陸上の死傷者は600人にのぼり、そのほか洋上で沈められた陸軍輸送部隊の700～1100人が海没死した。つまり「所在の航空兵力及び艦船はほとんど全滅した」(戦史叢書『マリアナ沖海戦』)が実態だった。

大本営いうのはいつもこういうことばっかりやなあ。

実際は2日間の大空襲で壊滅ですわ。せっかくできたばっかりの基地も全滅しました。なんにもなしになりました。ほんとうのありさまは、のちのちまで語られるほどのはかりしれない大損害ですねん。南方方面への重要な中継補給基地でしょう。その後の作戦に支障をきたすことになります。陸あげしておった飛行機もほとんど焼かれたので、それからは整備兵としてのしごとはなしになりました。

空爆前日に士官はどんちゃんさわぎ

しかもですよ、大空襲の1日前、陸軍と海軍のえらいさんはなにをやっとったか。わたしたちが爆撃を受けた1日前の16日の晩に士官どもはなにをしておったか。

こういう話があるんです。

夏島に将校用の日本料理店があるんですわ。ヤツらはそこで飲めや歌えやのどんちゃんさわぎをしていたんですね。そもそも基地になんで料亭が必要なんですか。考えられますか。海軍の基地をつくるのはよろし。戦争するんやからね。戦争をするための基地だけつくったらいいでしょう。ほかになにがいりますか。いらんでしょう。

ところがところが。軍はこともあろうに当時の日本で1、2位をあらそう有名な日本料理店「小松」の支店をつくっとんですわ。それも、えらいさんが飲んだり食ったりするためのものです。士官のやろうどもがあそぶためのものです。それもただで。それも軍の金をつこて。考えられますか。料理屋の支店がないと軍隊つとまらんのかということですわ。ことば悪いですけれどな、ごめんなさいな。

こういうでたらめなことを平気でするんですよ、軍は。われわれ下っぱは戦争の真っ最中でしょうが。それなのに士官どもはどんちゃん大さわぎをして、その翌日に大空襲や。どない思います。警戒心もなにもあったものじゃありません。

トラック島の島々はせまい海をはさんでほとんどくっついているので、すぐにうわさがながれてきました。「きのうの夜、えらいヤツらが料亭でごっつい飲んどったらしいで」と。

そのときわたしは「ほんとうではない」と思いました。おえらいさんをしんじるきもちがわずかにのこっていたのかもしれませんね。戦争が終わって内地にかえってきてから本を読んで「ほんとうや」と知りました。

一連の事態は「海軍T事件」と言われる。連合艦隊の撤退後、夏島にある第四艦隊の司令長官・小林仁（1890～1977）がトラック島を指揮していた。

その小林は、大空襲がはじまる前日の2月16日午前にトラック島の警戒態勢を解いてしまう。その理由としては、南方を視察中だった陸海軍幹部が16日夜に夏島の料亭で宴会をひらいていたことが指摘されている。空襲直後に小林は解任された。

これは事実なんですよ。軍は秘密でやるからね。全部かくしますからね。一般の国民もそんなことは知らされていないでしょう。われわれだってそのときはわからなかった。おなじトラック島にいても、島がちがったらわからないんですわ。これが当時の軍隊の実情なんですわ。

爆撃定期便と穴蔵生活

われわれ五五一の拠点は楓島《かえで》(パレム島)でした。2日間の大空襲からは、以後もう毎日の定期便のように空襲ですねん。明け方ちかくになるとようやくむこうも休みよるけどな。楓島は周囲4~5キロの小さな丘の島で、高いところでも60メートルぐらいしかありません。一面ヤシと雑木林です。せまい島なので米軍のB24大型爆撃機からの爆弾がはいりきれずにドボンドボンと海におちていました。爆弾がおちるたびに地面はぐらんぐらんゆれるしな。

楓島には山の半分を削ってつくった1000メートル級の滑走路もありました。まだ数機の飛行機はのこっていたんですが、その後の空襲でゼロになりました。整備のしごとはまったくありません。

ではなにをしとったか。土方のしごとばっかりしとったわけです。空襲で地面に穴があくでしょう。滑走路がだめになるでしょう。その穴うめです。半分だけのこっている山をシャベルとツルハシでくずして、トロッコに土を積んで、滑走路をのばしたりレールをしいたりな。でも滑走路はつかうことはありませんねん。だって飛行機がおらんのやから。なんもなくても下っぱの兵にはとにかくしごとをさせるんです。埋めても爆撃でまた穴だらけや。また埋める。また穴だらけになる。そのくりかえしですわ。あと防空壕掘りな。

もう制海権も制空権もアメリカのものになりました。わずかにのこっていた飛行機は焼かれ、滑走路は穴だらけ。あとは機銃が少しあるぐらいです。あいかわらず米軍は朝・昼・夜と定期便で来とります。

楓島には、わたしたち海軍およそ100人のほかに、陸軍も徴用された民間人もいました。もともとの住民は、はなれた島に隔離されていました。排斥しておるわけです。

わたしたちは林の中にトタン板でつくったバラックを兵舎がわりにして生活していました。空襲のたびにバラック小屋は吹きとびます。しまいには防空壕での穴蔵生活ですわ。

トラック島に着いて5カ月後の昭和19（1944）年7月10日、わたしは第五五一海軍航空隊からあらたに編成された東カロリン海軍航空隊にうつりました。べつになにも変わりません。部隊名なんてそっちのけですわ。ミッドウェーの生きのこりがはやく死ぬようにつくった部隊やからね。


1944年の7月から8月にかけて、南洋群島のマリアナ諸島が陥落した。前年9月に設定された「絶対国防圏」の最前線サイパンでは、守備隊が「バンザイ突撃」をし、中部太平洋方面艦隊司令長官として赴任していた南雲忠一も自決。多数の民間人が崖か

ら身をなげた。グアム・テニアンでも絶望的な突撃がくりかえされ、テニアンではサイパン同様に崖からの集団自殺が起きた。

米軍は、マリアナ諸島を爆撃機の基地とし、以降、本州への空襲を本格化させる。広島・長崎に原爆をおとしたB29もここから飛びたつことになる。

米軍の空襲で兵や飛行機をうしなった南洋群島の航空隊は撤退したり解体されたりした。トラック島の第五五一海軍航空隊は解隊となり、生きのこりやわずかな飛行機がかきあつめられて「基地整備」のために新編成されたのが東カロリン海軍航空隊だ。

はだかの部隊といのちのイモ

しばらくすると内地からの補給がすっかりストップしました。食料・武器弾薬・医療品これらが全部とまりました。飛行機で持ってこようとしたらうちおとされる。輸送船で持ってこようとしたら潜水艦にやられてしまう。もう来ません。どないします。

たちまち食料がピンチになりました。やがては衣服もなくなって、ふんどし一丁になりました。靴もないから、車輪のタイヤを切ってゴムぞうりをつくりました。もうまったくはだかの部隊ですねん。しばらくすると栄養失調が目に見えてふえてきました。餓死がはじまります。食料がないいんやからどうしようもありません。

最初は必死でこらえました。パラオに進出していた会社から入手したというサツマイモの苗が、わたしのいる楓島におくられてきました。各部隊にくばられたので、島の中の開墾できるところをえらんでイモづくりをはじめました。ジャングルの中は木の葉がくさって土がよう肥えとるでしょう。地味《ちみ》がゆたかで最初はおどろくほどはやく生育したので大だすかりでした。イモはふかして食べます。でもすぐに土地はやせてきよるから、よかったのははじめのうちだけや。2回目からは小さいものや。この1個が1日分です。それと虫です。「夜盗虫」というなまえでしたかな。もう根も葉もないぐらいに食われました。駆除がおいつかないんですわ。イモ畑は全滅ですわ。

小さなイモを1日にひとつ。このイモこそいのちの綱や。するとわりあてがたいせつになってくる。ほかのものにイモひとつもよけいに与えることはない。みんな殺気だっているから少しの不公平もゆるされない。いのちのやりとりに発展することもある。食いもんはいのちの代わりやもん。しもじもの兵隊だって生きたいですやん。

ひとのイモをぬすんで食らうヤツも出てきました。部隊ごとに番兵をたてて盗難をふせぐことになりました。夜にイモをぬすみにいったものが射殺される事件も起きました。イモ泥棒で殺される。それを不思議と思わないんやから、人間じゃなくて、ひとつの生きものですわ。ただの生きもの。生死ぎりぎりの限界になると理性もなにもあったものではありません。本能だけ。人間とて動物とおなじ。動物そのもの。

こういうこともありました。ちょろまかしてひとよりようけ食べたものがおります。それはだいたいわかるんです。そんなんするヤツのほうが先に死にましたで。かくれてやりよるからな、ぬすんではらはらしながら食べても身につかんもんやなと思いました。

幻の切りこみ隊長就任

そのころでしたか、敵が上陸してきたらどうするんや、いつ来るのかわからないぞと、わたしらの知らんところで海軍と陸軍の上層部が相談したわけですわ。

来たところでこっちは武器ないんやから、切りこみ隊をつくろうやないかという話が出たんやな。すると切りこみ隊長が必要になってくるでしょう。いろいろさがしたけれどいなくてね、それでや、たまたま剣道3段のわたしが目についたわけや。「おまえ、切りこみ隊の隊長やれ」と上官から言われました。わたしもいろいろ考えてやな、自信ないけどやな、しかたないからやらなあかんなと。「やります」と。それで陸軍がいるべつの島へうちあわせに行ったことがあります。具体的にどないするか。島の施設にある大型バネはみんな鋼なんです。そのバネで設営隊の鍛冶屋出身に刀をつくらせようという話になりました。

切りこみ隊の話はそれっきりです。食いもんもないのにそれどころじゃないわと、それで立ち消えになったんとちゃいますか。それに向こうは飛行機と爆弾。こっちは刀。太刀打ちできませんせん。そばへも行かれませんやん。

手術

そのころの話ですわ。わたしの尻に大きな腫瘍ができたんです。むかしは上半身のできものは用心せいと言われてました。天疱《てんぽう》をなめとったらいのちにかかわるぞとね。わたしのは尻だったけれど、はげしい痛みと高熱におそわれました。バラック小屋の中でわかい軍医にみてもらうと、悪性だとわかりました。このままだと、お尻の表面でくさらんで中の身のところでくさるので、切除すると言いますねん。

薬も麻酔もなんもないからなまで切りますやん。あるのはヨードチンキだけ。きずぐちがひらくでしょう。ほいたら、膿がたまらんようにそうじするからというて、ピンセットでつまんだガーゼをきずぐちに入れてぐいぐいふくんですわ。これが痛いんや。死ぬかと思うほどでしたで。なんぼ痛いって失神するぐらいです。ほいでわたし、失神しました。なんぼ食わんとってふらふらやいうても痛みはいっしょやからね。こうなると生体実験ですわ。うつぶせになったわたしの手と足は4人の戦友によっておさえられているわけです。

あとで聞いたところでは、この世のものと思えないへんてこな叫び声を出していたそうです。切ったらすっぱりなおりました。菌もはいらず、みるみるようなりました。これにはびっくりしたなあ。いまも左のお尻には当時のなつかしいきずあとがのこっています。ちょっとへこんでいますわ。

青虫

イモだけではとてもたりなくなりました。そのイモもとれなくなりました。パパイヤもバナナもとうにありません。みんな実がなるまえにとってしまうからね。バナナはね、包丁で房を切りとるでしょう。そうすると芯がのこるでしょう。この芯も食べられるんですわ。それもありません。もう根こそぎですわ。虫や蛇？　おったらよろこんで食べてますわ。こんどはジャングルにはいっていってね、やわらかそうな丸い葉っぱやツルをとってきてね、海水で煮て食べるんです。もう青虫といっしょです。便はいつも緑色や。食べた草がそのまま出てくる。

胃がはげしく痛みます。それでも空腹にはたえられません。いつもなにかを腹に入れな辛抱できないんです。毒にならんもんやったらなんでもいいわけや。しかし雑草の中には毒草もあるでしょう。それも食うてみるまではわからんでしょう。食べて死人が出てからはじめて毒草やとわかるわけですわ。すぐさま全員に知らせます。その草をしばってそこらへんにぶらさげて掲示するわけです。

参考までに言うたらな、トイレは浜辺から海へ30メートルぐらいのところまで桟橋をかけて、その先っぽを囲ってもうけてあるんですわ。そこで用を足します。すると魚がよってきて食べるんや。

爆発まで5秒　いのちがけの魚とり

わたしは水泳が得意でしたから魚とりをはじめました。トラック島にくるまえに下士官になっとったから部下がおるでしょう。自分の班のものにはちょっとであっても多く食わしてね、よその班のものより死ぬのをおそくしてやらなあかんなという気があったからな。それではじめましたんやわ。

島の海岸線から200メートルでしたかな。それまでは珊瑚礁になっていて胸ぐらいまでのふかさしかありません。その先はどーんときもち悪いぐらいふかなります。この200メートルのところで魚をとりますねん。南洋ですからね、いろんなめずらしい魚がおるんですわ。くさるぐらいおるんです。海はそらきれいやわ。いまいっぺん訪ねてみたいですわ。

道具はぜんぜんありません。でも魚はうまいんやからほしいですやん。

こんな方法があるんです。まず準備に集積所から60キロ爆弾をぬすんでくる。爆弾はあたまのほうとしっぽのほうとに羽がついております。これをのけた真ん中を弾体いうんですわ。火薬がつまっとるわけや。頭部と尾部をはずして弾体を分解して火薬をとりだします。ビスまわしでコンコン、コンコンとたたきながらな、火薬を粉にします。あき缶やサイダー瓶などにつめます。それから設営隊に行って、導火線と発火装置、これを雷管というんですけれどね、それをセットにして火薬の中に入れます。ほんでできあがり。手製の爆弾や。

これを木の桶に入れて、波がチャプチャプするから海水がはいらんようにしてね、ロープで引っぱりながら海にはいっていく。魚がおるようなところを見つけたら導火線に火をつけて海中に投げこむんですわ。爆発の衝撃波によって死んだ魚をひらうんですね。おもしろいほどとれることがあるんです。

ところがね、この魚とりもいのちがけですねん。導火線は数センチしかありません。火がついたらすぐほうりこまなあかん。爆発までの時間は5秒ぐらいしかないんやから。それなのに火がついとっても見のがすことがあるんです。まだ火がついとらんと思って胸のまえでフッフッとしとる。ほんまは海の中で爆発せんといかんのが、胸のまえで爆発するんですわ。即死ですやん。海水も血で赤うなりますやん。うちの班はいつもわたしがやってさいわいに事故はなかったんですけれどね、よその班のものが何人も上半身穴だらけになって海面を赤く染めましたわ。

それなら安全のために導火線を長《なご》うしたらええやないか、爆発するのをおそくしたらええやないかと思うじゃないですか。でも導火線を長くすると、ほうりこんだ海の中でシューシューとしつづけるわけや。そうすると魚が気づいて逃げるんですわ。魚だって死にたないわけや。それではやいこと爆発ささないかんから導火線はなるべく短こうするわけや。

となりの班が50メートルぐらいはなれたところにおって、60キロ爆弾をばらしているときに爆発、4人ぐらい死によったんですわ。かたまった火薬は粉にせんといかんでしょう。マイナスのねじまわしとハンマーかなんかで削《はっ》るんですわ。ところが弾体は鋼鉄。ねじまわしの先も鉄。直接あてて火花が出た。それで爆発したわけです。あわてて飛んでいったら、兵舎といっても床もないんやから、泥べったの上でからだがけいれんしておりました。

部隊の中の漁師出身者で漁労隊をつくったこともあります。小さいエンジンつきの船に乗ってフカをとるんです。どないしてとるのか知らんけれど、たまーに「フカがとれたー」と言ってました。とれたときは汁をたいてくばられました。でもそんなにとれませんやん。

わたしもいっぺん、戦友と2人でカヌーを借りて島からはなれたふかいところに行ったんですわ。魚がおるやろうなと思ったところで爆弾を投げこんでバーン。魚は浮くやつ、沈むやつがあって、たいがい沈むんですわ。海の底の砂の上でようけ死んでるのが見えるんですわ。それをとろうともぐっていったらやな、沈んでる魚がぱっぱっ、ぱっぱっと消えていくんですわ。なんや。はじめはわからんかった。灰色の大きなヤツが魚をかーと食うていきよるねん。フカですわ。それも数匹や。こわかった〜。沈んでいる魚を拾いよったからいいけれど、びっくりした〜。こらやばいと逃げてかえりました。そんなこともありましたわ。

自作の爆弾による魚とりを、わたしは好きなんで何十回もやって班のものに食わしていたんです。ほかにやることもないですからな。

ところがや。ざんねんなことにね、水にはいって、魚をとって、食べるでしょう。もろて食べるほうはええわいな。主体になってとるものはからだをつかわないかんでしょう。もともと体力を消耗しとるうえにからだの熱を海水にとられるわけです。せっかく魚を食っても栄養補給にならないんです。魚をとるために消耗するカロリーのほうが、魚を食べてえるカロリーよりも大きいから差し引きマイナス。魚くいながらどんどんやせていく。こらあかんと。寿命を縮めるもんやと。それでやめましたんや。

餓死とのたたかい

ここまできたら戦争どころじゃありません。その日その日を生きるのにせいいっぱいなんですわ。毎日のように死者が出ます。ほとんどが栄養失調です。多くの兵が餓死したんですよ。わたしも餓死寸前までいきました。非常にくるしみました。やせてやせて、ほんとうに骨と皮になって、ほんで死んでいくんですよ。人間のすがたではありません。

餓死いうたら生き地獄です。これほどくるしい死はないと思います。わたしは20代の前半も前半や。本来はげんきざかりのはずですが、栄養失調がすすんでからだ全体に浮腫《むくみ》がみられるようになった。朝になって、となりで寝ている戦友の死に気がつかないこともある。

1日が終わると、「ああ、きょうも生きのびたな。死なないでよかったな」と思う。われわれはいったいなんのために、だれのために戦争をしているのか。もう戦争などまっぴらごめんだ。いやだ。1日でもはやく日本にかえりたい。母のところにかえりたい。でも、船もない。飛行機もない。このころの戦闘行為とは、ただただ生きることだけでした。

下っぱは草、士官は銀飯

そのときに士官どもはなにを食べとったか。

われわれ下っぱが草を食っていのちをつないでいるときに、士官どもは銀飯を食べとるんですよ。銀飯ですよ、銀飯。こっちは草くうとるんや。それなのに将校どもは銀飯を食べている。わたしらの目のまえで白飯を食っている。

そんなものどこにあるんや。敵が上陸してきたらたたかわないかんから、倉庫がわりの小さな穴に応急食を入れてあるんです。番兵が実弾を込めて見はっているんですわ。それをとりだして将校どもは食うとるわけですわ。

なっとくできません。わたしら下士官5人が分隊長のところに行って、なんとか応急食料を出してやってください、餓死者がおるから放出してくださいとおねがいに行きました。

一発でことわられました。そのときの分隊長のにくたらしい顔。なまえももちろんおぼえています。Sといいます。ろくなもんじゃないですよ、こいつ。これで分隊長ですよ。これで特務士官ですねん。だからとしはとっておりますわな。そら、えげつないヤツでしたわ。殺してやろうかと思いました。だけど殺したら負けや。できない。軍紀があるからなにもできない。

それに向こうは拳銃もっとるからね。わたしは飛龍に乗るまえに短刀1本を買ってありました。自決用です。捕虜になるなという考えを軍は徹底させていましたからね。それを軍服とか自分のものといっしょに衣嚢に入れておった。ミッドウェーで全部なくしていました。それもあって丸腰や。手を出せば分隊長に殺されるだけです。泣きながらかえってきました。

国はかならず下っぱを見殺しにする

ふだんはええこと言うんですわ。「いいか貴様ら、よく聞け。夫婦でも親子でも死ぬときは別々やろが。ところが我々軍人はやな、階級は別でもやな、いったん戦地に行ったら階級の上下は関係なしに一緒に死ぬんやぞ」って。ほんとうにそれならよろしいよ。下っぱが木の葉っぱを食べているときに士官は銀飯を食うとって、そんなこと言うんですよ。なにを言うとるかということですね。

実態はこうです。いざとなったら国は兵を見殺しにします。見殺しは朝飯前です。朝飯前。これが軍隊のほんとうのすがたなんですわ。下っぱは虫けらといっしょやからね。えらいひとにとってたいせつなのは自分のいのちだけだからね。自分以外のいのちは消耗品。こんなことは政府もどこも発表しないでしょう。でも事実なんですからね。いざとなったらりくつぬき。われわれ国民が心して知っておきたい事実です。

20センチの穴でとむらい

わたしは昭和19（1944）年5月1日に海軍一等整備兵曹（一等下士官）に昇進していま

した。翌20年5月1日には海軍上等整備兵曹（上等下士官）になりました。これは下士官の最上位です。つぎは准士官になれます。

でも、いのちはないのもおなじです。もうね、餓死を待つだけです。このころは防空壕の中で寝とまりしているわけです。壕の中は南方独特のじめじめとした空気で、栄養失調のところにアメーバ赤痢にかかると即死です。生きている人間の生活とちがいますやん。もうなんにもないんやから。ちゃんとした兵じゃないんだから。目のうつろな顔になって、ふらふら歩いている。班員も最初13人おりましたが、餓死してのこりは7人になりました。班員が死ぬと、それぞれの班で死体の処理をせなあかんのです。これがつらいんですわ。どうするのか。

班員が亡くなります。毛布にまいて担架に乗せます。50～60メートルさきの山にのぼっていって埋めますねん。遺体は骨と皮にやせてうすっぺらになっている。小さくなっていて軽い。でも重い。ふつうなら担架は2人でひょいと持てるでしょう。ところが重たくて重たくて4人で持つんですわ。はなはだしくくるしい。なにせこっちがその一歩てまえやから。自分が歩くのにせいいっぱいやから。

やっとの思いで山をのぼります。ひと休みして、4人で交代しながら穴を掘ります。遺体がじゅうぶんに埋まるふかさまでは50センチは掘らなあきませんやん。ところが、せいぜい20センチですわ。なんで50センチ掘らないのか。できんのですわ。体力がないから。たった20センチ掘るのにも時間がかかります。これを苦労して掘るんです。

そこに遺体をそっと入れる。からだがはみでています。どないするのか。掘ったときにのけてある土をやな、手で持ってきて遺体の上に乗せるんですわ。そのときだけ毛布が見えないように、土をうすーく手でならすんですわ。それで終わり。そしてかえってくる。あと、どうなったのか知りません。そんな埋めかたをしました。

なぜもう少し掘って埋葬しなかったのか。なんともうしわけないことを死者にしたのかと思う。思うけれど、そのときはそれどころじゃないんですわ。遺体の処理をしながら、あ、おれはいつやろかと、そんなことを考えながらやっとるわけです。あすは自分の番や。だからかんにんしてくれと心の中で手をあわせて、ほいでかえってきた。

楓島ではどうにもならないと、夏島にある海軍病院におくることもありました。すべての補給がストップしているから病院といってもなまえだけや。薬も食料もなにもありません。病院おくりのものは死ににいくんです。おくりだして3日もすると死んだという通知がかならずくるんですわ。病死というても餓死なんや。それでも士官のヤツらは銀飯を食いよったからな。

うちの班員が死んだという通知がくると、わたしはポンポン漁船に乗って夏島に向かいます。穴ほりに行くんですわ。病院では、敷地内に掘った3メートル×4メートル、ふかさ2メートルの穴に、おそよ20体を埋葬するんです。遺体を毛布でまいて、両端をひもでしばって、頭をおなじ方向にそろえて穴におろします。20体になると、土をかぶせて、20人のなまえを書いた板をたてます。病院によると、ひとつの穴は1週間でいっぱいになるから、つぎにつかう穴も掘らないといかん。それで班員を埋める穴を掘るんじゃなくて、つぎの穴を掘らされるんです。そうじゃないと間にあわないのですわ。ほいでかえってくる。自分もいつこのようにして埋葬されるのかわからない……。

わたしは国にだまされた

ふだんのトラック島はね、青い空、青い海がひろがっております。きれいな景色の中に、見えないんです。希望というものがぜんぜん見えないんです。はっきり見えるのは絶望だけ。絶望だけが確実にある。ああ、きょうは死ななかったな。つぎに餓死するのはだれやろな。

毎日かんがえるのはそればっかりやから。一度でいいから内地の土を踏みたいという念はますますつよくなっている。あくる日おきると、となりが死んでいる。だれの顔もうつろになってくる。もうこのまま死んでゆくのであろう。

こんなね、南のね、ちっぽけな島で骨と皮になってね、のたれ死んでね、ヤシの木の肥やしになるだけなんて、こんな死にかたはなっとくできない。

ここで死ぬことがなんで国のためか。こんなばかな話があるか。こんな死にかたがあるか。なにが国のためじゃ。なんぼ戦争じゃいうても、こんな死にかたに得心できるか。敵とたたこうて死ぬならわかる。のたれ死にのどこが国のためか。

思えば、ほこりを持って海軍にはいりました。17歳でした。女性との交際など思いもよらず、およそ青春のよろこびと縁のない無味乾燥な時代でした。天皇のために死ね、お国のために死ねとおしえられ、ひとすじに心からしんじていました。そのとおりに行動してきました。

このまま死んだのでは、いったい自分はなんのために生まれてきたのであろうか。くやんでも時はもどりません。ここでわたしの考えは百八十度かわりました。

これは国にだまされたな。

そう思いました。そのときにね、おふくろの顔が出てきました。不思議でしたねえ。あやまりました。「おかあさん、こんな死にかたでごめん」って。「こらえてくれ」って。あやまらなしょうがないですやん。おやじの顔はぜんぜん出てこんかった。いまはわたしも子どものいるおやじの立場ですけれどね。男親というたらそんなんですわ。それが人間のほんとうのすがたじゃないですか。

両親は香川の生家にいます。「戦死や」と聞けばね、敵とはなばなしくたたかって死んだんやろなと思うでしょう。いさましい死と内地のひとは思いますやん。どっこいどっこい。現実はな、餓死なんです。終戦がもう少しおそかったらわたしも餓死をしておったと思います。のたれ死んどったと思います。国がわかもののいのちをだいじに考えているのであれば、「降伏しろ」「捕虜になれ」と命令するのがほんとうじゃないですか。生きていたら内地にかえって復興のてつだいもできますやん。ところが国はほったらかしや。

「玉砕」ということばを聞くでしょう。玉が砕け散るということでしょう。いさましいですねえ。美しく聞こえるでしょう。あいてとたたかって、ほいで死んだと思うでしょう。ところがだましもいいところです。これも軍のヤツらが考えたことなんですよ。こんなことばにだまされてはあきません。

大本営が「玉砕」をつかったのは1943年、北太平洋アリューシャン列島のアッツ島守備隊が全滅したときとされる。米軍の上陸をうけて増援を待っていた守備隊に、海軍は「玉砕」を命令。5月29日、生きのこりが決死隊として米軍に突撃し、大本営が5月30日に「全員玉砕せる」と発表した。撤退を「転進」とごまかしたのは西太平洋ソロモン諸島ガダルカナル島について同年2月に発表したことが最初だ。

わかりやすい例がね、太平洋の島々のあちこちで起きたでしょう。現地におる隊長はね、援軍・武器弾薬・食料をはよおくれって東京の本部に言うでしょう。島を死守せよと命令されとんのやからね。死んでも守れと言われとんやからね。それならそれで、それができるような物資をおくってくれと電報をうつ。

東京はね、情勢からみたらもう島はぶんなげなしょうないなと思っとるわけです。もう見こみなしやと。なんぼやってもあかんと。

ところがそんなことは言わない。現地から要請がきたら、「よっしゃ。わかった。なるべくはやく段取りしておくるからまっとれい」と言うんですね。それまでがんばっとれい。東京のほんとうの腹を現地はわかりません。1回、2回はしんじるじゃないですか。首を長くして待っとりますやん。でも物資はおくられてこない。また電報うちますやん。また「よっしゃ。わかった。まっとれい」。3回、4回になったらね、さすがに現地の隊長もわかりますやん。「あ、これは見はなされたな」と。「東京はおれたちを見殺しにするつもりやな」と。よっしゃよっしゃ言いながらおくってこないんだから、「こらやられたな」と気づくでしょう。隊長はどうするか。このままほうっておいたら部下がかわいそうやと思いつめてしまうんでしょうな。なにもないのにだらだら長いことやっとったら餓死するだけやと。いっぺんに行っていっぺんにやられたら楽に死ねると。はやく部下を楽にしてやりたいというきもちになって、ほいで腹をくくって突入するんです。素手で切りこみに行くわけです。なにもないんやからね。ほうしたらアメリカ兵はね、素手で突撃してくるのをうつっちゅうのはつらいから、来んといてくれと思たというんですね。あとは赤子の手をひねるようなものですやん。

援軍もおらない。武器もない。弾薬もない。食料もない。こういう状態の中であいてとたたかって殺される。玉砕いうたら最期はあいてに殺されるんだけれど、実際は日本の本部から見すてられたときにもう殺されておるんです。日本の国にだまされて、日本の国に殺されとるんです。これが玉砕のほんとうのすがたなんです。

特攻は特攻で、どこが特別攻撃や。爆弾を抱いて敵の戦艦につっこむわけでしょう。行ったってあいての船にとどかんのですわ。むこうだって防御しとるわけやから。急ごしらえの飛行兵が乗っとるわけやから、それだけの技術もないしね。それだって東京におる軍のえらいヤツは知っておるわけです。わかものをむだ殺しにするだけやのに、おのれのメンツを考えてやめないんや。役人というのはそんなんですよ。

日本軍が、戦死前提の自爆攻撃「特攻」を組織的にはじめたのは1944年10月、フィリピン・レイテ沖海戦での海軍・神風特別攻撃隊からだ。翌月には陸軍にもひろがった。ほかにも、水中特攻の人間魚雷「回天」、水上特攻のモーターボート「震洋」「マルレ」、航空特攻ではロケット推進器つきグライダー「桜花」や45年4月からの陸海軍による沖縄近海での「菊水作戦」「航空総攻撃」などが知られている。

白井厚編『いま特攻隊の死を考える』は、訓練中の事故死や自殺などもあって確定はむずかしいが、特攻隊員の戦死者は6000人、うち特攻死は4000人という人数をあげる。

狂気の作戦の背景には、極度の自己犠牲をたたえる日本軍の体質があった。いのちをかえりみない行動を「軍神」と英雄視し、「二階級特進」の乱発によって「死こそ名誉」をふりまいた。そのはてに、断れない状況下で特攻出撃を「希望」させたり、爆弾

レイテ湾への出撃を前にした陸軍特別攻撃隊の「萬朶《ばんだ》隊」。萬朶隊は1944年11月12日、陸軍特攻隊の第１陣としてレイテ湾上の米艦船に突入した

を持たせて戦車に飛びこませたりといった事態を出現させた。こうした「事実上の特攻死」は、「正式な特攻死」以上に犠牲者数はわかっていない。

玉砕とか特攻とか、こんなことばにだまされてはあきません。天下の大本営は全滅を玉砕、敗退を転進と言いました。

わたしらはだまされておったんです。わかいひとは、こういう立場になることがあるんやから、よくおぼえておいてください。おなじ人間でありながら、国も軍も、上層部はこんなことを平気でやるんですよ。それもよく知っておいてほしい。

トラック島に徴用された受刑者たち

こういう裏話もあります。

トラック島の軍事化は突貫工事ですすめられました。戦争はじまっとんのやからいそがないかんでしょう。そこで海軍はどないしたか。このことは『秘めたる戦記』を戦後に図書館で読んでわかりました。

ふつうは設営隊が工事をするんだけれど、この本によるとな、間にあわないからといってな、内地の刑務所から男の受刑者をあつめて、強制的にトラック島の春島（モエン島）につれていって、ほいで埋め立て土木に従事させたわけですわ。

2日間の大空襲のときも囚人たちもトラック島におったわけなんですね。一所懸命に工事をやっておりますやん。おおぜいの受刑者が死にました。生きのこったものも、わたしらとおなじように飢えにくるしみました。囚人だからと差別もされておりますやん。看守に殴り殺されたものもようけおるというんですね。終戦になってようやく復員して、司法省の役人に言いわたされた釈放の条件が「現地で発生した一切の事態を、他言せぬと約束してもらいたい」ですって。知らんことをええことに軍は好きほうだいしとるんです。とんでもない話ですわ。

矯正協会『戦時行刑実録』によると、受刑者の使役は31年の満州事変からはじまる。海軍省は39年、司法省に派遣を要請。マーシャル諸島ウオジェ島へ1102人の「ウオヂェ赤誠隊」が、マリアナ群島テニアン島へは1280人の「テニヤン赤誠隊」がおくられて飛行基地建設をさせられた。当時の監獄法に反する行為だった。

トラック島へは41年から。テニヤン赤誠隊の一部や、あらたにおくりこまれた受刑者の「トラック春島図南報国隊」が、春島で水陸飛行基地の建設をさせられた。太平洋戦争下の作業は起床が午前3時30分、灯火管制下の暗い海中で午後9時までというものだった。トラック島大空襲後については、元受刑者らに取材した『朝日新聞』93年8月10日付記事「受刑者400人死亡に虐待疑惑　太平洋戦争時のトラック諸島」と、その後の8月14日〜23日の連載「ジャングルの島で　『図南報国隊の記録』」があきらかにしている。受刑者約1900人・職員約360人のうち、終戦までに受刑者432人・職員30人が死亡。「腹が減った受刑者がイモを盗むと『口減らし』のように次々に殺された。今考えれば違法だった。食糧難の下では『仕方ない』という雰囲気が看守側にあったのは事実だ」という元看守の証言も記録されている。
伊藤桂一『秘めたる戦記』は、トラック島におくられた故北川幸一氏の『墓標なき島ある受刑者の〝戦争〟』（1988年）をもとに執筆されている。

トラック島には終戦時、われわれ兵隊は海軍と陸軍あわせて約4万人がおりました。トラック島では約6000人の日本人と3000人のチューク人が死んだといいます。兵隊のほとんどは餓死です。

あの戦争で日本は陸軍と海軍の230万人が「戦死」しました。ところが実際は140万人が餓死したんです。食べ物がなくて6割が餓死。こんなばかなことが戦争になると現実に起きるんです。よくおぼえておいてください。国も軍も下級兵のいのちはいのちと思っていない。消耗品としか考えていない。下っぱは虫けらといっしょやと見ている。餓死の5分前まで行ったわたしはそう確信しております。

日本人の戦没者は少なくみつもっても310万人にのぼる。内訳は、軍人・軍属らが230万人（朝鮮・台湾出身者の約5万人をふくむ）、内外地の民間人が80万人。藤原彰『餓死《うえじに》した英霊たち』は、軍人ら230万人の死因をしらべて、完全な餓死と、栄養不足・失調によって病死する広い意味での餓死の合計が140万人にものぼると推計。『靖国の英霊』の実態は、華々しい戦闘の中での名誉の戦死ではなく、飢餓地獄の中での野垂れ死にだった」と断じている。

また藤原氏は「日本人の死者数だけをとり上げるのも公平ではない」として日本の侵略によるアジア各国の犠牲者数を約3000万人としている。正確な人数は日本人戦没者数以上にわからないままだが、そのことが逆に日本による爪痕の深さをあらわしているといえる。

第5章 わたしの子ども時代

1937年、15歳の瀧本さん本人。剣道が得意だった

瀧本さんのふるさとは、香川県三豊郡桑山村（いまの三豊市）の大字岡本にある谷というところだ。父伊三治（1986年5月に99歳で死去）、母アキノ（80年11月に88歳で死去）の長男として1921（大正10）年11月23日に生まれた。4人きょうだいの3番目。実家ははじめ農家で、のちに雑貨屋にてんじた。

下士官だったおやじ

おやじは呉の海軍に13年おったと聞いとるんですわ。海軍の中の学校にはいって水雷科で学んだそうです。魚雷が専門でした。最後の階級はわたしとおなじ下士官でした。でもな、おなじ階級だったというても、おやじに実戦の経験なしですわ。戦争のことをなにも知りません。あの時代に軍艦に乗ってフランスやらドイツやら遠洋航海に行っとるわけでしょう。しかも運賃はただで。そのころは、欧州やら外国というたらものすごいですよ。

いまのように飛行機で海外旅行に行くなんてことあらへんのやから。ヨーロッパといったらたいしたもんですやん。おそらくな、おやじは欧州の女を抱いとるわけですわ。そんなこと、おやじは言われへんかったけれどな。さんざんあそんでいるんですわ。

わたしは海軍6年8カ月だけれど、こっちは戦争を経験しているんやぞ、戦場を知ってるんやぞ、みたいなもんですねん。

おやじは海軍から満期でかえってくると、村の有志がしとる農業倉庫につとめました。いまでいう農協ですね。収穫したらそこに寄せて、検査して、等級をつけるわけです。おやじは海軍で経理や帳簿つけもやっとったらしいですから、それで採用されたんじゃないですか。20年ぐらい行っとったと思います。この農業倉庫につとめながら百姓もはじめました。わたしが生まれるまえですわ。米と麦の二毛作です。家と畑は部落の高台にあって、田んぼはさがったところにありました。わたしは小学校にはいるまではな、にぎり飯をもって田んぼにいって、おかはんといっしょによう食べていましたで。

たいがいの家は牛を飼っていました。田畑をたがやすとき、収穫物をはこぶときにつかうわけです。百姓にとって牛は常物（常備品）ですねん。うちにはおらんかったから、収穫のときには荷車に積んでやな、坂道をおしてあがっていったもんですわ。

おやじは無口。とにかく無口なひとでした。わたしがとしごろになっても会話をしたおぼえないもん。「勉強せい」と言われたこともありません。それと酒が好きでねえ。農業倉庫というのは飲む機会が多いですやん。弱いくせに飲んでな、頭をうったり足をけがしたりしてましたわ。わたしらに手をあげることはありませんで。自分でけがをして自分で痛い目しているんですわ。おふくろが苦労してますやん。

やさしい面もありましたで。しごとが休みの日曜日なんかにな、汽車に乗せてくれるとかな、そういうところもありました。そのころのいなかでは汽車なんて乗ることはありませんからね。

おカイコはん

わたしの国は桑山村というように、産業は養蚕がおもですねん。おカイコはんですね。役場の中に技術指導係がおります。わたしの家も養蚕をしておりました。

おカイコはん、これはもうたいへんですねん。卵からかえすんやからね。ほいでマユにするんやからね。小さいときから大きくなるまで育てて、桑の葉を食べさせるわけや。村のふもとはみんな桑畑でした。その桑の葉をとりにいかないかん。カイコが小さいときは葉だけとってくる。カイコが大きなってようけ食べるようになると、ぶ厚い鉄の鎌で枝ごと切るんですわ。切った木を束にして、かついできて、家で葉をとって、それからカイコに食わせます。手がいるんですわ。村のひとだけではたりなくてね、徳島の阿波あたりから臨時のパートみたいのが2〜3カ月間、とまりこみの出かせぎにくるんですわ。

家の母屋から納屋から全部、人間の寝るところまでカイコ棚です。これも場をとるからたいへんですわ。棚は竹でつくります。ひきだしみたいなところにカイコをたくさん入れておきます。カイコが桑をいっせいに食べよると、サーザーサーザーと雨がふっているような音がします。

す。なかでも温度管理がむずかしくてな。秋もふけてくると寒くなるでしょう。練炭を部屋に入れて室温を調整しとるわけですわ。わたしは子ども時分だったので、これはやったことないけれどな。なれの技術がいるんですわ。

　こうしてできたマユは村のマユ屋にあつめます。そこに問屋が買いにくるわけや。ほいで大きな製糸会社に持っていくわけですわ。そのころの生糸というたら日本の輸出ナンバー1でしょう。

商売じょうずな両親

わたしが小学1年生のときに両親は桑山村の中心にうつりました。そこは桑山村大字岡本の帰来という部落です。ここがおふくろの里ですねん。帰来で店を買うて、おやじとおふくろが雑貨屋をはじめたわけです。

　店は米と麦をあつかっていました。食べるもんのほかにも、酒・たばこ・調味料、油や炭の燃料関係、それからおかし類。学校が近かったから文房具もありました。三豊郡の中で養蚕の道具をおいているのはうちだけだったと言っていましたから、遠いところからも買いにきていましたで。それこそなんでも屋ですわ。品物をかざって売るのはおふくろのしごとでした。おやじは農業倉庫とかけもちですわ。繁盛しているようでしたから商売じょうずだったんでしょうな。

帰来にある家は全部というぐらい瓦ぶきですわ。わたしの家は庭もふくめて２００坪ぐらいでしたかな。平均的なひろさでしたわ。この家の北西にバスがとおる道があってな、その道に面して米や麦をおいてある店舗、そのとなりに酒やらたばこやら日用品をあつかう店舗、さらにそのとなりが座敷ですわ。このみっつがバス道に面してならんどるわけです。奥には畳の部屋があってな、子ども時分はそこで雑魚寝ですわ。庭にはな、２００俵はいる白壁の倉庫もありましたで。製麺や製粉をする機械の部屋は、これは母屋とつながっておりました。

家の西南に面したところは農道で、ここから歩いて10分ぐらいのところに本山駅（いまのJR予讃線・本山駅）があります。あとで話しますけれど、わたしはここから汽車に乗って海軍に行ったわけです。

おやじのびんた

この雑貨屋には棺桶もおいてあるんですわ。子ども時分にかくれんぼをするでしょう。わたしは中にはいっとったもん。みんなこわがってふたをあけようへんから。

あそびといえば竹馬ですわ。ほかにあそぶ道具ないんやから。ともだちと竹馬に乗ってな、走りまわってな。むかしは寒かったやろ。紀元節（2月11日）のころになると雪が30センチぐらいつもりました。雪だるまをつくったもんですわ。ほいで雪の中でも竹馬でかけっこするんですわ。雪の上でもじょうずに走れまっせ。こけません。家の軒ぐらいまである高い竹馬もつくりましたで。これもこけはしません。

あとチャンバラごっこですね。わたしの家のうらに七宝山（431メートル）があるからな、そこにいってな、いきなり木を切ってな、これが日本刀や。あと竹とんぼもつくったりな。金がかかる道具はないんやから。あっても買われへんのやから。おもちゃは自分で考えてつくらなあかん。子どものあそびは子どもが考えないといかんわけです。

小学校にはいるまではわんぱくでしたな。たいがい悪かったですね。

まわりは農家でしょう。自分で食べる用に菜っ葉の種をまくでしょう。芽が出るでしょう。その芽を引きぬくわけや。ほんまに一番の悪ですわ。

それから、よそのミカンやらカキやらイチジクやらもとるわけです。自分の家にもはえとるけれどな、外のものをとって食べるのがうまいから。楽しかったですわあ。ともだちとみんなでそんなことをようやったんですわ。

そうすると、おやじの出番ですわ。おやじは百姓をやっとったでしょう。手の皮が厚いんですわ。その手で海軍式の往復びんたや。スパーン、スパーン。これはまいった。まいったんだったら悪いことをせんければいいけれど、するから。母親がとなり近所におわびに行きよったんですわ。おふくろにしたら泣きのなみだやな。

おふくろの言うことをきかないとき、家の用事を忘れたときもおやじにやられましたで。でも自分が悪いからな。それはそれでよかったと思とるんです。

でもな、小学校にはいってからころっと変わりましたで。そういうこと、まったくせんようになりましたな。

おふくろ、きょうだい

おふくろはわたしのことをかわいがってくれてなあ。ようめんどうをみてくれました。ぬくもりには感心しました。わたしは死んだらどこにも行きません。おふくろのところに行くと決めております。おふくろはえたいが知れんぐらい特別ですわ。特別の特別ですねん。

おふくろはからだが弱かったからな、わたしは母乳の味を知らんのですわ。牛乳でそだちました。家から一里（約4キロ）はなれた観音寺町に医者がおって、そこにおふくろはよう入院しとりました。わたしが小学1、2年生のころですわ。弟と2人で病院へよう見まいに行っとりました。ベッドにおふくろが寝とるでしょう。そのベッドの下で寝たこともあります。姉が手立てしてくれてな、家から持ってきたふとんを床にしいてな、ほいで寝よったんですわ。おかはんのことが恋しいてさみしかったんでしょうな。

うちらは町とはちがって農村でしょう。4か村で医者がひとりおるぐらいや。だから医者はせわしいですやん。ふつうは家に来てくれますねん。いそがしいとたのんでも来ない。待っとらんといかん。いまとちがって救急車でぱっと行けるのと、そんなこととちがうんやからね。

おふくろは苦労しましたわ。もともと里は店屋でしょう。百姓も養蚕も経験ないんですわ。

それでうちに来たわけでしょう。村の中心にひっこして商売をはじめてからも、だんなは農業倉庫につとめて昼間いないでしょう。そうすると、だんなのおじいとおばあに気をつかわないかんでしょう。自分の夫にも気をつかわないかんしな、それでものすごく苦労しているんですわ。

きょうだいは4人です。7歳上の姉は103歳でいまも香川で健在でっせ。2歳上の姉は82歳で亡くなりました。弟の進は3歳下ですわ。おふくろのからだが弱かったから、一番上の姉がわたしらきょうだい3人のせわをしてくれたんです。ようめんどうをみてもらいました。だからわたしは生きとんですけれどね。

優秀だった弟

弟の進はわたしと性格がまる反対で頭がよかったんですわ。おとなしい性格ですねん。陸軍航空士官学校を卒業して戦闘機に乗っとったんです。パイロットですね。

そのころは東大に行くのは二流か三流ですねん。からだが悪くてひとなみでないやつが行ったんですわ。当時の頭のよいものは第一に職業軍人になることでした。すなわち海軍の兵学校や機関学校、陸軍の幼年学校や士官学校とかにはいって高級軍人の道にすすむ風潮がつよかったんです。

弟は戦争中、アメリカ軍のB29爆撃機が東京に来たときに迎撃のためあがっていってうたれたんやな。不時着しとるんですわ。飛行帽をかぶってますやん。顔が出ているところだけ高熱でとろけて鼻も口もまがってケロイドになった。わたしが復員したときは桑山村の実家におりましたわ。他人の顔になっとるんですわ。最初はだれだかぜんぜんわからんかった。

弟は戦後、とにかく勉強が好きだからマルクスの『資本論』を読んで共産党員になりましたわ。当時はマッカーサーの公職追放（1946年1月の連合国軍総司令部〈GHQ〉覚書）がありましたでしょう。職業軍人だったものは政治活動したらいけないとされていたのに、弟は共産党の活動をしていました。密告されたんでしょうな、追放令に違反しているということで逮捕されて半年ぐらいはいっていましたわ。

わたしは面会に行って、「さからうと損するからおとなしくしていろ」と言いました。弟はかえってきてからすぐに地元で議員になりました。ですから筋金入りですわ。

山あそび、川あそび、親孝行

家から歩いて7、8分のところに七宝山があります。大きな山でね、この山にはくわしかったですよ。キノコがようけはえてるとこ、イタドリ・ワラビがようけはえてるところ、全部しっとりましたからね。その場所はひとに言わないんですわ。

それから薪《まき》がたくさんあるところもすべておぼえとりましたで。薪をとってきたらね、いまとちがってガスなんかあらへんのやから、母親がよろこぶんですわあ。その顔を見るのがうれしゅうてね。その面では親孝行しました。

冬いっても手袋も足袋もありません。足袋をはくのは正月にちょっとだけです。だけどわたしらはじょうぶやったなあ。山に行くときはな、もちを焼いてポケットに入れて持っていく。食べるときはかたまっているけれど、食べながら山をおりていくわけです。

七宝山のちかくに不動の滝がありますねん。箕面大滝（大阪府箕面市）は高さが33メートルかそこらでしょう。これは50メートルやからね。山があさいから水の少ない滝ですけれどね、雨がふったときはたいしたもんですよ。その滝に不動明王がまつられておるわけですわ。

おふくろ孝行といえばね、小学生のときから月に1回、晩にろうそくの提灯を持っておふくろと不動明王へおまいりしとりました。ほとけさんの月命日のせわをするためですねん。わたしは、おふくろの護衛として行くわけですわ。たよりない護衛ですけれどな、しっかり守らないかんというきもちはありましたで。17歳で海軍に志願するまで護衛しとりましたわ。ですからわたしはいまでも不動明王だけはしんじております。

むかしはね、この滝のまわりに池がようけありました。夏になったらおよぎます。大きなコイをとることもありました。

川あそび。かあ〜、なんぼしたか。網なんて道具はないけれど、川のふかいところに土手をつくって、魚やらカニやらウナギやらをとりますねん。農業用の川にはドジョウもようとりにいきましたわ。ウナギは腹をさいて肝を飲むんですわ。これも母親がよろこぶんですわ。とくにウナギなんかとったらな、生き血を飲むとからだにいいでしょう。

　こう考えると、桑山村というのは特等の土地関係ですねん。農村として理想の形態をしているんですわ。鉄道のそばに川があって、池があって、わたしの部落があって、水田と桑畑がひろがって、ほんで山がある。三拍子も四拍子もそろとるんですわ。いたれりつくせりですわ。

キャラメル、ミカン水、ラムネ、とにかくうまかった桑の実

　そのころの子どもの服装といえば、着物や洋服でまちまちでしたけれど、だいたい百姓の子どもというたら着物ですやん。むかしの子どもはようけ青ばなたれてますやん。袖《そで》でこすってな、だから袖がいつもてかてかと光っとるんですわ。こうして抵抗力をきたえていたのかもしれん。

　風呂は毎日はいります。それぞれの家に鋳物の風呂があるんですわ。毎晩たくとなると、ようけ薪がいるでしょう。水もいるでしょう。そのころはどの家もふたつの井戸を持っていました。ひとつは炊事用、もうひとつは洗濯用と風呂用ですね。水を毎日くんでくるのもたいへんですやん。それでな、となり近所に5、6軒ありますやん。これが寄って風呂当番を決めます。きょうはあんたんところ、あしたはおまえのところというふうにね。ほいで順番に回っていくわけや。これだと手間もすむし、毎日はいれるでしょう。ほいで薪をくべるときによもやま話してな。乙なもんですわ。

おやつ。これはな、金がかからんように自分の畑でとれたサツマイモや。ふかして籠いっぱいに入れておくわけですわ。とくに冬やったらくさらないからな。自分でふかしたり姉さんにふかしてもらったり。それと桑の実な。わたしの村は桑山村でしょう。養蚕がさかんでしょう。桑の実がなりますがな。これがうまいがな。うまい。とにかくうまい。ようけ採りにいきましたで。桑の実はどこの畑で採ってもいいことになっておりました。採りほうだいですからね。これも籠に入れてな、ほいで食うわけですわ。

これも正直に言わんといかんでしょうな。うちは店をやっとったでしょう。おふくろの知らんうちにな、ちょいと店のものをつまむんですわ。そういうときはめったに食えん上等なやつをねらってつまむわけや。キャラメルとかな。ほいからミカン水とかな。あとはラムネとかな。そういうのがありますやん。風邪をひいたときだけ食わしてくれるやつ。ひょいとつまみます。見つかったらしょうがありません。「しょうもないやつやなあ」とようおふくろにしかられました。

みんな貧しかった

小学校を卒業して商業学校にすすんでからは、おやじの商売のてつだいもしましたで。わたしの親は店で米や麦をあつかっとったでしょう。まず米や麦を百姓から買うでしょう。それを20～30俵にまとめて町の問屋に売りにいくわけや。問屋は大阪と直結しとるわけですわ。当時の大阪商人は讃岐米が一等やということでしたんやわ。

そのころは車力といってな、荷車というのか大八車みたいなもんをわたしらはそう呼んでいました。商売が大きくなると牛車をやとうけれど、最初のころは小さいから、車力をおやじといっしょに町まで引いていきよったわけや。

町につくと、問屋に米や麦をわたします。それからわたしは問屋の近くの学校に行くわけや。おやじはすぐにお金をもらってかえるのとちがうわけです。金は夕方にできるわけです。わたしが学校から歩いてかえるときに問屋によって、金もろてかえるわけですわ。うけとった100円札を胸ポケットにだいじに入れてな。財布なんかあらへん。持っとったって中に入れる金はないから。

当時の農村で100円札なんて見ることないですよ。いまの1万円どころじゃありません。うちは商売しとったでしょう。だから見ることはある。ふだんはまずお目にかかることはないですわ。それぐらい農村は貧しかったですよ。

うちの店屋にも、だれも現金なんか持ってきません。みんな通帳を持ってきます。むかしの農村やったら買いものをする店屋が決まっとるんです。買うたら通帳につけとくわけですわ。こっちは台帳につけとくわけです。それが常套手段ですねん。それで米ができたとき、麦ができたとき、おカイコはんのマユができたときと年に2回ぐらいしはらいがあるんですわ。このときに精算するんですわ。そのあいだは借りですねん。

そやから年寄りは米をへそくっておるわけや。こまったときに売るわけや。うちは商売やから買いよるからな。「買うてくれ」とないしょで言ってきよったもん。米だけがねうちもんやから。麦なんかは自分らの食いもんになるだけで、そう銭になりません。米だけや。1俵を買うてくれと言ってきたらとりにいきますねん。俵やから重いでしょう。おやじと車力を引いてな、行って引きとるわけですわ。部落中を回っててつだいしましたわ。

楽しかった秋の祭り

子ども時分の思いでといえばな、本山駅の近くに本山寺といううちの寺があって、秋になるとお祭りがあります。足を踏めんぐらいのひとですわ。そのときは親から銭をもろてな、にぎりしめてな、行ったもんですわ。

10銭⁉ そら大金や。おこづかいは5銭もろたら多いほうやな。1銭玉と2銭玉がありますねん。それで3銭か4銭ですわ。5銭はめったにないですわ。銭もろてな、自分の好きなもの買うてな。綿菓子なんか買ってな。どら焼き食うてな。なんてのはお祭りぐらいしかないもん。そら楽しいですわあ。

いなか芝居もたまに回ってくるでしょう。農村ですから屋敷はひろいわけですわ。そこを会場に借りて芝居をするわけです。あるいはお寺の伽藍《がらん》の中でやるわけです。そのときが楽しみで。どんな内容だったのかはおぼえていません。いなかの役者によるありきたりの芝居ですわ。

それでも楽しみや。そんなもんしか楽しみはほんとにないから。

むごい話

そのころのことで「むごい光景」のことも話します。これも当時の農村の風景のひとつですわな。わたしらのころは、そのひとたちのことを「ナリ」と呼んでいました。方言です。いまならばハンセン病患者のことをそういったんですわ。蔑称ですわ。

そのハンセン病のひとたちが、寺の祭りなどひとが集まる場所で「おみまいをください」とたたずんでいるわけですわ。ものをもらいに来ているわけです。

本山寺は四国八十八カ所霊場の第70番札所で平地にありますねん。里にある寺のときはハンセン病のひとたちは遠慮しながらくるわけですわ。山寺でもよおしがあるときには大勢が来ていました。ふだんはどこに住んでいるのかもわかりません。

ハンセン病のかたも苦労していますわ。わたしが「むごい光景」と言うのは見た目のこととちがいます。国の対応のことを言うています。そのひどさはことばでは言えませんわ。そうでしょう。手当なんかしてもらってないんだもん。それで家族もかくしているわけです。

勉強して知ったんですけれどね、ハンセン病のひとを大島療養所（いまの国立療養所大島青松園＝香川県高松市）に強制的に隔離したわけでしょう。ここは病院でもないからな。きちんとした治療が受けられるわけでもない。これでは収容所とおなじじゃないですか。おそらくな、お寺に来ていたのは大島療養所からもれとるひとたちですわ。家族からも見すてられているから、八十八カ所のお寺にしかたよるひとはおらんわけや。

そう考えると、日本はほんとうにひどいことをします。当時はハンセン病のひとは人間の数にはいっていないわけです。まるで毒虫みたいに言われていたんやから。わたしも子ども時分は「痛いだろうな」とか「かわいそうにな」とかと思うぐらいで、こわいと思ったときもありました。まちがいだったわけでしょう。それなのにずっともめておったでしょう。いまだに差別しはりますやん。

そら国がやったことは大きな罪でっせ。

1907（明治40）年の「癩予防ニ関スル件」ではじまった隔離政策の廃止は、96（平成8）年まで待たなければならなかった。

小学校で軍国少年に

わたしがはいったのは桑山尋常小学校です。昭和3（1928）年です。6歳でしたな。おやじの編んでくれたわらぞうりをはいて登校します。教科書はふろしきにつつんでな、腰にしばりつけてな。わらぞうりはきもちいいんですよ。はよう走れますしな。桑山村は村としては大きくて子どもの数も多かったんでしょうな。男と女がべつべつやったんです。6年生で卒業したときの男の同級生は47人おりましたんや。忠臣蔵・赤穂浪士の「四十七士」なんて言うてね。女のほうは知らん。

冬になると学芸会をわたしの部落でやるわけや。ほかに楽しみがないから。それは男女合同でした。陸軍のえらいさんが住んでいたひろい家があったので、そこの部屋を借りて晩にやるわけや。村のおとなたちが見にきていましたな。ほとんどが戦争に行って手柄をたてたぞという話でしたわ。これは何年生のときでしたかな、「木口のラッパ」もやりましたで。日清戦争のときの木口小平や。死んでもラッパを口からはなしませんでしたというあの話ですね。先生がやらせよったもん。

「木口のラッパ」は、尋常小学校1年生の国定修身教科書に登場する。日清戦争(1894〜95年)の歩兵でラッパ手だった木口小平(1872〜94)を「シンデモ ラッパ ヲ クチ カラ ハナシマセンデシタ」とたたえる内容だ。

戦前の世相といいますと、わたしが小学校にはいったころは軍国主義がすでに最高潮になっておりました。学校でも軍国主義教育が徹底されておりました。

男の子は、成人すれば徴兵検査に行って甲種合格し、兵隊さんになる。軍人になったら戦争に行き、天皇陛下のため、お国のためにたたかいなさい。戦場で手柄をたてて戦死したら、靖国神社にめでたく神としてまつられる。男子の名誉この上なし。

わたしたちは小学1年生のときからこうおしえられたわけです。

よっしゃ、わかりました。兵隊さんになるぞ。お国のために行くぞ。それが名誉だ。なんてことですね。したがいまして小学校を卒業するころには完全に軍国少年ですね。天皇のために死なんといかん。お国のために死なんといかん。そのようなことを心の底からしんじておりました。

国の意のままにうごくように

大君《おおきみ》（天皇）のために死ぬ。それこそ男子の最高の名誉である。なんて、よくもまあそんなきもちになったものです。いまなら荒唐無稽に思うような話でしょう。

しかし当時は国全体がそういうすがたなんですね。その風潮を正しいものと無条件にしんじきっていました。なんの疑念も持ちませんでした。なにも考えることはありませんでした。自分の意見を持つ余地なんて少しもありませんでした。自分の考えを言う隙間もまったくありませんでした。国の意のままにうごくよう教育されとったわけです。これこそ洗脳です。教育ほど恐ろしいものはないということですわ。

それでもな、お国のために死ぬなんて、どうしてあのころはしんじたのか。

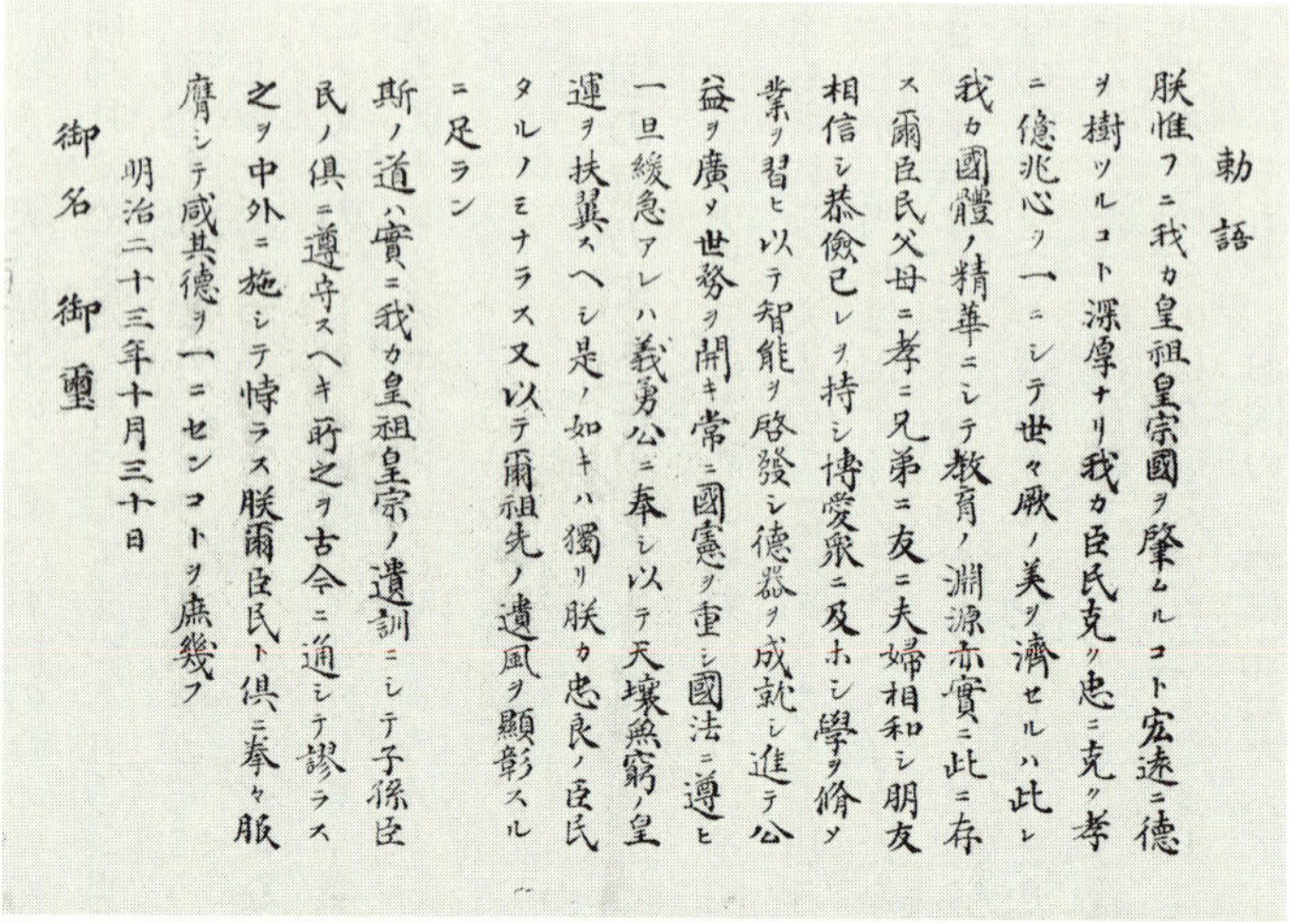

勅語

朕惟フニ我カ皇祖皇宗國ヲ肇ムルコト宏遠ニ徳ヲ樹ツルコト深厚ナリ我カ臣民克ク忠ニ克ク孝ニ億兆心ヲ一ニシテ世々厥ノ美ヲ濟セルハ此レ我カ國體ノ精華ニシテ教育ノ淵源亦實ニ此ニ存ス爾臣民父母ニ孝ニ兄弟ニ友ニ夫婦相和シ朋友相信シ恭儉己レヲ持シ博愛衆ニ及ホシ學ヲ修メ業ヲ習ヒ以テ智能ヲ啓發シ德器ヲ成就シ進テ公益ヲ廣メ世務ヲ開キ常ニ國憲ヲ重シ國法ニ遵ヒ一旦緩急アレハ義勇公ニ奉シ以テ天壤無窮ノ皇運ヲ扶翼スヘシ是ノ如キハ獨リ朕カ忠良ノ臣民タルノミナラス又以テ爾祖先ノ遺風ヲ顯彰スルニ足ラン

斯ノ道ハ實ニ我カ皇祖皇宗ノ遺訓ニシテ子孫臣民ノ倶ニ遵守スヘキ所之ヲ古今ニ通シテ謬ラス之ヲ中外ニ施シテ悖ラス朕爾臣民ト倶ニ拳々服膺シテ咸其德ヲ一ニセンコトヲ庶幾フ

明治二十三年十月三十日

御名御璽

明治天皇の侍講、枢密顧問官であった元田永孚の書による教育勅語。1890（明治23）年10月30日、明治天皇の名で発表された

そのころの教育というたらな、まずは国語がありますね。ハナ・ハト・マメ・マス……米をはかるマスですな。それからミノ・カサ・カラカサとつづきます。これは忘れませんな。体操（いまの体育）の時間ははだしになりますねん。ほかに算術（いまの算数）もありますが、なんといっても修身（いまの道徳）や。一番にだいじなのは修身や。この修身の基本が教育勅語でしたんやわ。「一旦緩急アレハ義勇公ニ奉シ以テ天壌無窮ノ皇運ヲ扶翼スヘシ」。これですわ。ちょっとでもはよおぼえないけません。

尾籠な話になりますけれどな、わたしはな、先生がしょんべんするなんて、とびっくりしましたもん。先生はおしっこなんかせんと思っていたんです。わたしが小学校

1年生のときだったと思いますわ。学校の便所に行きました。しきりなんかないから立ってまえに飛ばすだけや。ほしたらな、たまたまな、先生がはいってきました。先生用のトイレに行かずに生徒といっしょにしたわけや。すみっこでおちんちんをだして小便したんですわ。それ見たんですわ。「先生にもおちんちんあるのかいな」。そない思いましたで。「あれ、先生もおしっこしよる」。そうびっくりしましたで。あまりにもびっくりしたからともだちに「先生もおなじちんちん持っとんやなあ」とおしえてあげましたで。無知なもんですわ。それぐらいの知識しかなかったわけです。

そのころの小学校の先生というたらな、ぱあっと背広を着てね。威厳がありましたわ。いまの先生とは重みがぜんぜんちがうんです。別世界のひとです。天皇陛下みたいなもんですやん。わたしは17歳で海軍にはいって軍艦に乗りました。艦長というたら雲の上のひとですわ。あのころの子どもからすると、小学校の先生もそうしたえらいひと、雲の上のひとだったんです。

その雲の上のひと、神聖なひとである先生から、天照大神だの神武天皇だのとおしえられるわけです。いまなら「なにを言うとんじゃ」ですが、当時は素朴にしんじこんだわけです。

子どもの思想形成に大きな影響をあたえた「教育ニ関スル勅語」(教育勅語)は、1890年10月に発表された。万世一系の現人神・天皇が国をおさめているという神話的な国体(天皇制)観にもとづく徳目を明治天皇がしめす内容となっており、臣民教育

の基本として筆頭科目の修身でおしえられた。父母に孝といった徳目が「一旦緩急アレハ……」に収斂することで、天皇への絶対的忠誠心につなげて忠君愛国・尽忠報国の精神を強いた。「一旦緩急アレハ……」を、瀧本さんらは「天皇の戦争のためによろこんで死ね」という意味だとおしえられた。

小学校の先生はみんなやさしかったし、威厳のあるひとばかりでしたが、ただし授業では国定の教科書に書かれてあること以外はいっさい話しませんでした。本に書いてあること以外はおしえてはいけない。こういう決まりなんですね。先生が心の中でどう思っていたのかわかりませんが、もしも「戦争反対」なんて言ったらたいへんなことになります。治安維持法（1925年制定）があった時代ですからね、言論の自由なんてありません。

教育勅語の恐ろしさ

奉安殿ができたのは、わたしが小学校3、4年のときでしたかな。ん？　その後にすすんだ商業学校のころかもしれません。どちらにしろ、どこの学校にも校門をはいったところにつくったんですわ。小さいけれど鉄筋コンクリートですわ。その中に天皇と皇后の写真をおさめてな。もちろん当時の2人は神様ですよ。

ほんで奉安殿のまえで直立不動、帽子をとってね、最敬礼してね、それから学校にはいるんです。かえるときも帽子をとってね、遥拝（皇居の方角への礼）をしてと、朝と晩とに徹底されておりました。やらなかったことはいっさいないですわ。

学校で式典もあるでしょう。四大節などですね。そのときは奉安殿から持ってきた御真影を講堂の上にかざるわけです。それから校長先生による教育勅語の奉読（朗読）です。白い手袋をしてな、こうして教育勅語を捧げもってな。それから教育勅語にもとづいた訓話と「君が代」斉唱もありましたな。

天皇と皇后の肖像写真は「御真影」とよばれて神格化され、教育勅語の謄本とともに奉安殿に厳重保管されていた。粗末にあつかうことはもちろん、勅語のよみまちがいも「不敬」とされた。

写真と謄本を「救出」するために学校火災の猛火に飛びこんだことが美談となり、「身代金」めあての「誘拐」もあった。戦争の末期には、火災や空襲からまもるのは写真と謄本が先、子どもたちは後という国の指針がしめされるまでになった。

四大節は、1月1日の四方拝、2月11日の紀元節、4月29日の天長節（昭和天皇の誕生日）、11月3日の明治節（明治天皇の誕生日）。学校や官公庁で式典があり、「君が代」斉唱や校長による勅語朗読、肖像写真への最敬礼は1891（明治24）年の「小学校祝日大祭日儀式規定」から義務化された。

稲田朋美（1959〜）という元大臣がね、バカなこと言うとりましたやん。「親孝行しろ」とか「兄弟は仲よくしろ」「夫婦も仲よくしろ」とかがはいっていて現代でも通用する価値があるとかなんとかかと。なにを言うとんじゃ。無知もいいところですわ。教育勅語のほんとうの目的は「国のためにいのちを捨てろ」「わかものは国のために死ね」ですからね。「一旦緩急アレハ」はそういう意味だから。むずかしいことばのようだけれど、いったんことが起きたら天皇陛下のために死ね、お国のために死ね、いのちを投げだせと、そう書いてあるんです。それだけではきっついからほかのものもまぜこんでいるだけだから。それがなんで教育になりますねん。まったく話になりませんわ。

1947年3月に教育基本法が公布されると、48年6月に衆議院で「教育勅語等排除に関する決議」が、参議院では「教育勅語等の失効確認に関する決議」が決議され、教育勅語は軍人勅諭とともに効力を失った。

それから約70年後の2017年3月、安倍晋三（1954〜）内閣は「憲法や教育基本法等に反しないような形で教材としてもちいることまでは否定されることではない」と閣議決定。稲田防衛大臣（2017年7月に辞任）は3月8日の国会で「私は、その教育勅語の精神であるところの、日本が道義国家を目指すべきである、そして親孝行で

すとか友達を大切にするとか、そういう核の部分ですね、そこは今も大切なものとして維持をしているところでございます」と答弁した。

安倍政権は15年に学習指導要領を改訂して道徳を教科化しており、これまでは週1回の教科外活動だった「道徳の時間」が、小学校では18年度から、中学校では19年度から「特別の教科」となる。

きびしかった観音寺商業学校

6年生の卒業までに、いろいろちごた先生がいた中で、たしか6年生のときのはヤノ先生といいました。桑山村のひとでしたわ。師範学校の出でな、だんなはんでしたわ。大きな屋敷に住んでおりましたで。ええ先生やったな。わたしは尊敬していました。

ふだんは背広でしたが、学校で式があるときには軍服を着てくることもありましたで。その後ヤノ先生は戦争に行って戦死したと聞きました。少尉やったんや。少尉というたらそうとうえらいひとや。くわしい話はわかりませんが、子どもさんはいなかったとも聞きました。

当時の義務教育は尋常小学校（6年）だけですからね。そこを終えると、たいがいは高等小学校（2年）にすすんで終わるか、あるいは6年でやめて大阪あたりに出て丁稚奉公ですわ。学校は就職先のせわをしてくれないから、親戚のつてをたよっていくわけですわ。

明治政府の「国民皆学」は1872（明治5）年の「学制」ではじまる。86年の「学校令」で国家主義がつよめられた。この学校令の中の小学校令で尋常小学校の4年間が義務化され、1907年に6年間となった。この上の高等小学校（2年制）は授業料が必要だったため、6年生どまりの子どもも少なくなかった。

また学校令によって大学や師範学校なども整備されていった。尋常小学校からすすめる中等学校には、旧制中学校・高等女学校のほかに、瀧本さんが進学した実業学校（工業学校・商船学校・水産学校など）があった。

このころの中等学校への進学者は2割ほどだった。

わたしのように進学するもんには週にいっぺん、ヤノ先生が家で勉強会をやってくれました。6年生のときの最後の1学期間ぐらいでしたかな。試験勉強をおそわるわけですわ。おせわになったのは、わたしをふくめて商業学校に行くのが3人ぐらい、農業学校に行くのが2、3人でしたかな。ヤノ先生はめおと先生やったからね。奥さんはべつの学校の先生です。家に行くとおかしをくれてね。それもうれしかったですわあ。

尋常小学校の6年を終えて昭和9（1934）年4月、12歳のわたしは5年制の観音寺町立観音寺商業学校（いまの香川県立観音寺総合高校）へすすみました。

あの時代みな貧乏でしょう。小学校の学級に50人おったって中等学校にすすむのは3人から5人やもん。わたしのようにきょうだい4人が上の学校に行くのはものすごいわけですよ。両親は商売人というたっていなかの雑貨屋や。そんな大きい商売とちがうんやからね。それなのにな、わたしら4人をよう上の学校にやってくれました。いなかでは中等学校なんてめったにやってもらえんのにな。一所懸命に苦労した両親に頭がさがりますわ。ありがたいことですわ。

理由を聞いたことはないけれど、おやじは海軍におって下士官になったと言いましたでしょう。当時としてはたいしたもんや。よっぽど努力があったと思いますわ。でもそれより上には行けなかったんですわ。海軍はとんでもない学歴差別社会だからね。一般の兵卒が士官になることはまったくできません。その海軍におったときになにかを感じたんやと思いますわ。

商業学校の授業料は月5円でした。家の座敷で正座をして、両手をだして、「ありがとうございます」とおかあさんから5円札をおしいただいて、ほいで学校に出したもんですわ。月謝の集金は町の高松百十四銀行の銀行員が教室を回るんですわ。学校は町立だったから、銀行はあつめた月謝を町の口座にうつしたんでしょうな。うちの商売も百十四銀行をつことりましたわ。百十四銀行はいまもありますでしょう。

この商業学校はきびしかったですわ。わたしは自転車通学や。いなかの道やからな、とにかく道が悪くてがたがたですねん。学校は手袋もマントも「ぜいたくだ」とか「からだをきたえないかん」とかといっていっさい禁止ですわ。

映画館も喫茶店もだめ。冬でも学生服だけ。となりに中学校がありますねん。そこは着ほうだいや。むかしのマントがあるでしょう。肩にかけて自転車こいで、いいかっこうしてますねん。こっちは寒くてがたがたふるえているんだから。うらやましかったですわあ。

わたしは剣道部にはいっとったんですわ。1年生のときにはいりました。好きやから。柔道がきらいやったしな。からだもやせやったからな。放課後は日がくれるまで剣道ばっかりや。夏休みになると観音寺の警察へ合宿に行きました。こっちはいまの中学生ぐらいでしょう。それなのにもう稽古でたたかれてたたかれて。からだはきたえられましたな。とくに寒稽古のときはいやでした。まだ暗いうちから家を出るでしょう。ほいで山のところの道には竹やぶがあるわけですわ。薄気味悪いわけです。

三八式歩兵銃を手に

観音寺商業学校にすすんだことで、大きくなったら兵隊さんになるという子どものころからのあこがれが現実のものになります。世の中は軍国主義真っ最中ですからね。1年次から、いまでいうたら中学1年生から週3時間の軍事教練がはじまります。これが正課としてあるわけです。

1、2年生のときは銃のすがたにした樫の棒を持たされます。ほふく前進とかをならいましたかな。3年生になると騎兵銃に変わります。これはほんものです。陸軍がつかっている三八式の歩兵銃より短くて軽いんです。兵隊のつかいふるしみたいなもんです。それこそなんでも有効につことりますわ。3年生までは特務曹長におそわるんです。

4、5年生の上級生になりましたら、教練の内容も高度になって正規の軍隊とまったく変わらないことをやります。善通寺にある陸軍第11師団の配属将校が学校にきておしえたんです。

旧制中学での軍事教練のようす。立膝で銃を構え、的に向かって集中する生徒たち。ゲートルを巻き、腰に銃剣を着けている。写真は東京（1936年）

三八式の歩兵銃をね、これを持って教練をやります。もちろんほんものや。菊のご紋がはいっとるんやからだいじにせいときびしく言われましたで。この日本にあるものはすべて天皇陛下からのものや。そういうおしえですわ。

ほんものの銃を持って実戦さながらの訓練をやるんですよ。空砲でもバーンと鉄砲の音がちゃんとするわけです。こわくはないですわ。

立ちうちというのはな、こうしてかまえてな、両足をしっかりとひろげてな。ひざうちはかたひざを地面につけてな。ほいで寝うちです。教練が終わると銃の整備の時間や。分解してな、油をひいてな、くみたててな。それを短時間でやるわけや。ほんでならべてしまいます。

行軍もありましたで。阿波（徳島）との県境にある讃岐山脈に雲辺寺山（927メートル）がありますやん。これをのぼらされます。朝もはよから自分の弁当と茶を用意して持っていきます。銃も持っていきます。山の上に雲辺寺がありますねん。そこまで行ってまいって、ほんでかえってくるんですわ。遠足とか運動会とかとはちがいますで。遠足というたら楽しいもんや。行軍はくるしいだけや。特務曹長がずっと監視しとんやもん。

こういうことをわたしたちは教育されとったんですね。軍人勅諭をならうのは、商業学校を卒業したあとに志願した海兵団からやったと思いますが、実質的には学校でおそわったわけですね。やってみるとやれるもんですわ。これが国の方針ですからね。法律で決まっとるから、おれは教練いややとか、行軍はやりたないとかは、いっさい言われません。中等学校を17歳で卒業するころには、実際の陸戦でつかいものになる訓練を終えているわけです。いつでも一人前の兵士として徴兵できる状態になっているわけですわ。

四国一の軍事教練

観音寺商業の軍事教練は四国一といわれていました。それに調子にのってね、教官らがはりきってやるんですわ。ほめてもらお思てね。わたしはこの教練が好きでなくてね。わらいが出てくるんですわ。みんな虫も殺さんようなくそまじめ~な顔をしてやっていてやな。それがあほらしてな。だからわたし、プスプス~とわらうんです。そしたらスパーン、スパーンとはられるんですわ。下級生のころは特務曹長にようなぐられましたな。教練も正課なので点数よくなかったですよ。

4、5年生になると、ほんまの三八式歩兵銃を持って訓練するでしょう。それから年に1回、一番の寒いときに各学校が集まって日ごろの軍事教練の成果を発表するわけです。香川県をふたつにわると東讃と西讃とにわかれます。わたしらは西讃ですねん。この西讃の中等学校が集まっての合同大演習です。銃を持って、嚢を背負ってと文字どおり実戦的演習や。それを陸軍第11師団の司令部が講評するわけです。それで観音寺商業の軍事教練は四国一といわれておったわけです。

この大演習を終えると締めの行事や。閲兵・分列式というのがあるんですわ。西讃の学校が第11師団の練兵場に集まって、えらいさんがいる台のまえを行進していくんです。そらその光景は勇壮ですよ。

陸軍は年に1回、大規模な特別大演習をやり、最終日には天皇の大観兵式で兵の士気を高めていた。こうした行事を学校の軍事教練も模していた。

閲兵・分列式の行進の指揮をとるのはかならずしも級長ではなくて、教練むきの元気なぴしゃっとしたやつが特務曹長にえらばれるんですわ。わたしらのときはおなじ剣道部のやつがえらばれてました。「閲兵・分列、まえへすすめ」と、そいつの号令で発進するわけですわ。えらいさんの台のまえにくると、サーベルを持ちあげて「かしらー、右っ」。まっすぐに行進しとらないかんけれど、頭だけは右に向いているわけや。へたなところは列がみだれるんですわ。

わたし、ラッパ吹くのじょうずなんですわ。ラッパ部にはいったのは2年生のときでしたかな。それからは成績の点数よくなりましたわ。4、5年生になるとラッパ部の責任者になっていましたからね。ほいでラッパ部のものは自分の学校が行進してくるときにラッパを吹くんですわ。だからラッパ部は花形ですよ。ええかっこう見せんといかんし、恥かかんようにと学校で何回も練習しましたわ。

観音寺町の行事にも行きます。市中行進ですやん。道の真ん中を隊列くんで行くわけですやん。その先頭でラッパ吹いとる。車も自転車もそこのけそこのけや。そのときはいい気分やったですね。

明治政府の富国強兵はアジアを踏みつけていく。

1874年の台湾出兵をかわきりに、94年からの日清戦争、1904年からの日露戦争、10年の韓国植民地化と、中国大陸や朝鮮半島に軍隊を着々とおくりこみ、欧米の植民地争奪戦にくわわった。29年10月、世界恐慌が発生。不景気につかれきったひとびとのこころを、政界や軍部の「満蒙（中国東北部と東部内モンゴル）は日本の生命線」論がすくいとる。

瀧本さんの中等学校時代（34〜39年）は、これらを背景としてはじまった中国への侵略史とほぼかさなる。

31年9月18日、柳条湖事件。満州郊外の柳条湖で、日本の関東軍が南満州鉄道を爆破し、これを中国側のしわざだといつわって満州を占領。32年に傀儡の満州国を建国し、33年に国際連盟を脱退した。

32年、五・一五事件。36年、二・二六事件。政党政治は終わり、軍部批判がゆるされなくなった。植民地の兵站化もすすめられた。皇民化政策によって台湾と朝鮮からことばとなまえを奪い、特別志願兵制度と徴兵制の適用へとつなげていく。両地に海兵団もつくられた。

37年7月7日、盧溝橋事件。北京近郊の永定河で、日本の支那駐屯軍が夜間軍事演習を強行。永定河の盧溝橋ちかくにいた中国軍が発砲してきたとして、日中全面戦争をはじめた。

この年、挙国一致と尽忠報国の「国民精神総動員実施要綱」が閣議決定され、翌年、国家総動員法が公布・施行される。

ひとびとは「暴支膺懲《ぼうしようちょう》（暴虐な支那を懲らしめる）」にとりつかれ、「中国一撃論」をしんじた。しかし中国側のつよい抵抗にあって日中戦争は泥沼化していく。そこからの脱出策としてはじめたのが「南進」であり、アメリカなどとの戦争だった。
このころの世相を瀧本さんはふりかえる。

日支事変（日中戦争）がはじまりました。中国と本格的にたたかうことになると、わずかな訓練を受けただけのわかい男が戦地におくられていきます。20代、30代はほとんど召集されました。ひろい中国へたくさんの兵隊が行きました。戦闘がどんどんきびしくなります。忠君愛国・挙国一致・尽忠報国の思想はきわみにたっしました。戦死者がどんどんふえてきます。遺骨が内地にどんどんかえってきます。町や村では新入隊者の見おくりも戦死者の出むかえもひんぱんにありました。

遺骨が白木の箱に入れられて無言でかえってきます。戦死者の遺骨がかえってきたらね、個人で葬式をするんじゃなくて、市町村でまとめて合同の葬式をやりました。そこでラッパ部は葬送曲をまかせられるわけです。ラッパを吹くために観音寺町とかそら何回も行きました。3里（約12キロ）ぐらい沖合にある伊吹島にも町のえらいさんや係のひとといっしょにポンポン船に乗っていくわけですわ。この島はジャコやイリコの産地として有名でしたな。そこで葬送曲を吹きますねん。特別な感情なんてありません。授業をぬけられるからうれしいですやん。

それぐらいにしか思っていなかったですな。

母親のなみだに「非国民」

その場でね、この合同の葬式のときにね、年老いた母親が、息子の遺骨がはいった箱を持ってきてね、祭壇にならべます。なみだが出るじゃないですか。あたりまえでしょう。だいじなだいじな息子がね、むりやり戦争に引っぱられて、戦地に行って戦死した。親より先に死んで、その葬式でしょう。母親がなみだをながす。あたりまえや。

ところがね、その母親のなみだを見てね、まわりはなんと言ったか。

「非国民」

そう言ったんです。

「このめでたい日に」……めでたい、ですよ……「このめでたい場でなみだをながすとはなにごとや」

「お国のために召されて名誉の戦死をして泣くとはなにごとや」

「靖国神社に神としてまつられるのだから、その男子の葬式で泣くのは非国民である」

こんなふうに言われたんです。どない思います。いったん戦争ということになればね、ひとの心はそれぐらい変わるんです。そんなことを平気で言えるようになるんです。これが戦時中の世相です。

おかしいとだれも思わなかった。当時は世の中全体がそうだったんです。わたしらが生まれたときから世の中それやから、なんの不思議も持たない。これはおかしいなんてぜんぜん思わない。国のために死ぬこと以外なにも考えることはない。母親を責めたてるやつの家に戦死者が出たら「ええ気味や」と少し思うぐらいでな。

戦争になると、世の中が変わります。ひとの心がまえが変わります。常識では考えられないことが起こります。これもひとつの例ですわな。

おかしいことにおかしいと言えない

軍艦八重山のところで「ものを考えない兵、ものを言えない兵」のことを話しましたな。「ものを言えない」というのは軍隊の中だけのことではありません。戦時中の世相のひとつとして、おなじことが娑婆にもあります。

満州事変（1931年）があったのは、わたしが9歳のときですから、まだ子ども時分ですわな。事変が起きたことは新聞で知りましたかな。おとなが言うとるのを聞いたのかもしれません。12歳になって商業学校にかようころになると、事変の真相はわたしらでも知っとりました。日本の関東軍が線路をつぶしたんやろなって。ほいで中国側がつぶしたことにして軍隊をおくりこんで攻めいったんやと。「あれは日本軍のだましうちや。むこうがやったというのはうそじゃ」なんてともだちと話しておりましたもん。ばれますよね、うそは。

もうひとつ、昭和7（1932）年の上海事変で肉弾三勇士の話が出てきたでしょう。三勇士というてな、竹の破壊筒をかかえてな、自分のいのちをおしまずにな、それどころかみずからいのちをさしだしてな、退路をたって3人で鉄条網に突撃したというわけでしょう。そういうつくり話ですわ。それこそ軍神やと上を下への大さわぎになりました。これも小学校の学芸会で劇をやらされました。最初は宣伝やと知らんでほんとうやと思っていましたわ。これも商業学校のころにはうそやと知っておりましたで。「あんな場所、3人で行けるもんとちがうで」とかな。これもともだちと話しておりました。戦争中やから大っぴらに言えないだけです。

まだ子どもやから自分でしらべたわけじゃないでしょう。おとなが言うとるのを聞いとったんでしょうな。つまりや。わたしら子どもでも「おかしい」と気づいておったことや。おとなはもっと「おかしい」と知っとった。しかし、だれも「おかしい」と言わなかった。それどころか、だれがそんなことを言いだすのかと、おとな同士がおたがいに見はりあっているわけですわ。言うやつがおれば非国民やと密告するわけですわ。

こういうときに効力を発するのが隣組ですわ。当時の関東軍は最強といわれていましたが、隣組もつよいんですわ。さからえません。国の軍隊以外にも末端の最小単位で軍隊をつくっとるようなもんですやん。最小の教育機関でもありますわ。ほかにも在郷軍人会があります。国防婦人会もあります。白いまえかけしてな。

隣組を単位にしておけばな、そのほうがおたがいを見はるのも徹底しますやん。みんなすぐそばにおるんやからね。おなじところに住んでおるわけやからね。ささいなうごきでも手にとるようにわかりますやん。すきまなく気づきますやん。とにかくだまらせるということを当時の国は軍隊や警察をつこて大っぴらに、法的に、常時やっていました。小林多喜二（1903～33）は特高（特別高等警察）につかまえられて拷問されてのたれ死にさせられました。わざわざこういうことをせんでもな、住民同士がしっかりとおたがいをだまらせていたわけです。話にならんぐらい実行不可能ですねん。それぐらい徹底しておりました。

こうしたしくみを「いやや」と言ったら？　言えません。言ったら住んでおられません。

腹の中でどない思っとっても、出るところに出たら絶対に言えません。腹の中はしゃべれません。それが当時の世の中です。うそにたいしてうそやといえない戦時中の世相、おかしいことにおかしいといえない世相、戦争反対やなんて口にできない世相は、一日でできたもんとはちがいます。軍の中では兵隊と兵隊が見はりあう。娑婆でもとなり同士が目を光らせあっている。なにか言えば非国民やと言われる。こうして自由にものが言えない雰囲気がどんどんつくられていったわけですね。それが最終的には世の中のしくみになります。

下に見られた朝鮮人

軍国主義のほかにも、そのころの世相をあらわすことがあります。

ひとつは朝鮮人ですわ。香川県にも、わたしの村にも朝鮮人がいました。子どもも学校に入学しとったもん。走るのがはやくてな、選手になっていました。おとなはクズひろいをしたり、あめ玉を売ったり、散髪の業者になったりな。当時はまるがりです。散髪にいくとな、散髪が終わって耳そうじをサービスしよるわけや。この耳そうじがじょうずですねん。

わたしらは子ども時分、鉄くずと飴の交換もやりましたで。朝鮮人は飴をつくりますでしょう。木の棒にかけてな、だーとのばしてな、またくるりと木にかけてな。その飴は独特やったですね。ほんで口におうたからな。うまいんですわ。食べましたわ。わたしらは鉄くずをあつめてね、持っていったら飴と交換してくれるんですわ。甘いもんなんてそうそう食べられないでしょう。ともだちとようやりましたわ。おいしかったあ。

日本人と朝鮮人とのあいだに衝突はありません。でもな、それは差別がなかったのとはちがいます。そのころの朝鮮への意識というのはな、そらもう下ですわ。中国人もな、朝鮮人といっしょ。格下もはなはだしいと。やつらは人間じゃないと。日本人がえらいんやと。そうばかにしとるわけですわ。これが当時の世相ですわ。

実際の朝鮮人はいいひとでしたわ。みんな日本語ぺらぺらや。うちに米を買いにくるわけですわ。わたしは子どもの時分、したしみを持っとった。でも同時に下に見とった。もともと子どもはなんも知らないわけや。そういうふうにせいとおとながけしかけていたわけですね。

わたしら日本人は朝鮮人に敵意を持っていなかったといくら言うても、自分たちのことを下にみている雰囲気を向こうはわかるでしょう。おなじ人間なんやから。それでもな、反抗したらなにをされるのかわからないんやから、だまっておくしかないでしょう。そうするうちに自分たちは下層やと思うようになってくるわけや。だから向こうからへりくだって遠慮しとるわけや。日本がそうさせとったわけや。それで衝突が起きなかったわけですわ。

地獄を生きた女性たち

女生徒は気になるけれどね、これはぜんぜんでしたな。近くに高等女学校がありました。「話をする」「いっしょに歩く」なんて、とんでもないことですわ。女は3尺（約1メートル）さがって歩けといわれていたぐらいやからな。夫婦でもでっせ。それぐらいおなごは蔑視されとったわけです。

いま思たらな、学校を出て、軍隊でしぼられてしぼられて、恋愛みたいなことはいっさいなかった。そういう面でわたしは奥手ですわ。それはみとめる。そういう意味でわたしの青春時代はないというんです。それが自分にとってざんねんなところですわ。

軍にはいったら「女郎」を買いにいきますやん。わたしは母親との約束でいっさい行きませんでした。軍にはいるのは兵隊になるのが目的でしょう。それなのに、中には性病になってかえってくるヤツがいるんです。桑山村でも満州に行ったひとがおりました。ほいで淋病になったからといって陸軍を除隊になってかえってきてな、家で寝こんでいました。そんなやつははずかしくて外を歩けませんやん。そのひとを例にだして、「絶対あかんぞ」と母親がこんこんと約束をせまってきたんですわ。

戦争というたらね、男が戦場に行くんや、女は戦場へ行かんでええなと言うひともおるでしょう。ところがね、戦争いうたら男も女もないんですよ。20代や30代のはたらきざかりの男はみんな召集されとるから、あとの村にはだれがのこりますか。女性じゃないですか。留守の女性は男以上の苦労があります。

あとだれがのこりますか。病人と年寄りと子どもがのこります。当時は病院も老人ホームもいまとちがってほとんどありません。そのころは60歳になったら大年寄りやからね。病気でも老衰でも老人が寝こむと99・9%は家で死んでいったんです。いまのようには保育園はぜんぜんありませんで。みんな家であそんどる。そうすると女性はどうなりますか。子どものせわもせなあかん。年寄りのめんどうもみなあかん。いつ寝るんですか。まったく寝る暇もありません。まさにこれは生き地獄の生活です。その上に持ってきてね、生活資金もかせがないきません。いままで男がやっておったしごともよめさんがせなあかん。

そのくらいに女性は生き地獄の生活をやってきました。そんな生活は1カ月とか2カ月とかとちがいますからね。戦争をやっとるあいだはくるしみが無期限につづくんです。男は戦地に行って弾1発あたったら終わりや。ところが女性は地獄の生活が何年つづくかわからないでしょう。苦労は男以上じゃないですか。

志願して海軍へ

観音寺商業学校の卒業が近づいてきました。わたしは勉強がきらいやったし頭もよくなかったから、一般兵卒からこつこつと上にいって中級の職業軍人になる道をすすむことにしました。海軍軍人だった父親の影響もあったと思います。

そこで問題があるんですわ。徴兵検査まで待つかどうかです。商業学校の軍事教練でわたしは陸軍のことがきらいになっていました。重たい荷物を背負わされて歩かされるでしょう。五体満足ならおそかれはやかれ絶対に兵隊に行かなくてはならない。どっちみち軍にとられるというのはかくごの上ですが、徴兵検査を待っていたらほとんどは陸軍にとられてしまうと言われていました。それならはやめに志願して海軍に行こう。はよ行って、ひとより先にはいればはよ進級するだろう。そのほうが楽や。そういうことを考えていたんですね。

この決意は両親以外にはだれにも話さずに試験もないしょで受けました。両親には食事のときに言うたと思いますな。おやじは「ええようにせい」。おふくろは「おまえがしたいならせい」。あっさりしたもんでしたわ。それ以上のことを両親はなにも言いません。世の中全部が、男の子は兵隊に行くと考えていましたから、悲しんでもいません。戦死して靖国神社に神としてまつられるのが最高の名誉。親も子もまわりも全部その考えを植えつけられておるから、違和感ゼロ。これはおかしいなんてまったく思わない。完全に洗脳されているんですね。桑山村役場にもうしこみにいくと受験票みたいなもんが家におくられてきました。そうして身体検査を受けたわけです。

同級生の大半は就職しました。わたしには先生が南満州鉄道に推薦してくれていました。先生には海軍に行くことを言っていませんでした。卒業前にやむをえずうちあけると、ものすごくしかられました。「おまえのようなやつは本校はじまって以来だ」と残念がられてもいたので、いそいで志願しなくても、という親心があったのかもしれません。しかし、わたしの決意はかわりませんでした。

昭和14（1939）年3月に商業学校を卒業しました。

「気ぃつけて行っておいでや」

その日はふつうに朝ご飯を食べましたな。家を出るとき、両親は店にいました。「いまから行ってまいります」。おやじは一言「おう、行ってこい」だけ。母はしばらくことばがなくて、わたしの顔をだまって見つめていました。それから「気ぃつけて行っておいでや」と。小さい声でした。もしかしたら「死ぬな」と言いたかったのかもしれませんが、そんなことを口にしたらえらいことになります。

両親とは家でおわかれしました。桑山村の本山駅前では、村長さんや村人、ともだちら大勢に見おくられました。小学校の先生も来ていました。晴れた日でしたわ。わたしは生まれてはじめてひとまえであいさつしました。「本日はありがとうございます。先輩諸兄に負けないだけの働きをしてまいります」。そんなことを言いましたかな。

　それから汽車に乗ったわけです。本山駅を出発して200メートルぐらいはともだちが線路沿いに点々とおるわけですわ。線路のまわりは田んぼと麦畑です。風景をみる余裕はありません。さみしくはなかったですね。ふるさとにかならずかえってくるぞとか、そんなことも思わなかったですね。とにかく「やるぞ」。それだけです。目的はふたつ。ひとつはお国のため。もうひとつは自分のためですわ。はやく昇級して親をよろこばせたいというものですわ。

　日の丸の小旗をふっているともだちも見えんようになりました。窓からはなれて自分の席にすわりました。とたんになみだが出てきました。心の中では「男はかならず兵隊にとられる。かならず死ぬ。それがあたりまえや」と思っとった。だから、このなみだはどういう意味だったのか、自分でも知らんけれど。

　香川・高松までは母方の祖父が同行してくれました。村の兵事係も来ていたと思います。高

1939（昭和14）年12月、18歳。軍艦「八重山」に配属された直後の新兵時代。大黒帽式水兵帽すがた。帽子の前章には軍艦名「八重山」が金文字であしらわれている（著者提供）

松からは香川県庁のものが引率して、高松港から連絡船に乗る。桟橋はひとでいっぱいでしたわ。そこから岡山・宇野にわたる。ほんで汽車で長崎・佐世保に向かったわけです。

こうして昭和14（1939）年6月、一番の下っぱの一兵士として海軍に志願してはいりました。

ときに17歳の初夏でした。

第6章

復員——そして戦後へ

1945年８月15日、街頭で敗戦を告げる「玉音放送」を聞く人々。写真は大阪市の曾根崎署前

8月15日

昭和20（1945）年の8月、敗戦はすぐに知ったと思いますね。通信兵が防空壕の中で内地のラジオを傍受していましたから、かれが知らせてくれました。日本が負けることはまえから気づいておりましたから、どうにも思いません。餓死の寸前でいのちびろいですわ。

そのときの心境は——

ああ、これで死なずにすんだなと思いました。

いなかに帰っておかはんにようやく会えるなとも思いました。

空襲がぴたりとやみました。これで安心してねむれるなとも思いましたわ。

これらはいまだに忘れません。

これからどないなるんやろと思っていたら、アメリカ軍はすぐに進駐してきましたわ。はやかったですわあ。どっから来たんか知らんけれど。

こんなに近くでアメリカ兵を見たのははじめてや。勝ったから来たんやろなと感想はそんなもんですわ。殺されるかもしれんという心配もしません。悪さはぜんぜん感じなかったですね。そもそもこっちは骨と皮や。ふらふらやもん。ふかく考える気力もないしね。

米軍が来てからは、わたしたちは楓島の滑走路の穴うめ作業です。こんどは米軍のためや。空襲でポンポンポンポンポン穴だらけになっておるでしょう。その穴を埋めるわけや。米軍の爆撃でできた穴を、米軍のために補修するわけです。米軍から直接の命令を受けた記憶はありません。分隊長あたりがアメリカに言われてわれわれに命令を出していたんとちゃいますか。

まず体力をつけないかんので、米軍の上陸作戦にそなえて倉庫にかくしてあった応急食料を出してもらって、ひさしぶりに飯を食べました。毎日の穴うめ作業はくるしいけれど、三度の食事にありつけることは楽しみでしたな。穴うめ作業は復員するまでやらされておりました。

復員

ほとんど同時に、米軍の輸送艦による復員作業がはじまりました。

乗る順番は病人が先ですわ。わたしらは比較的に元気なほうやからとあとに回されました。ただな、その温情がかえってあだとなりましたんやわ。病弱者は体力も気力もないから、内地につくと、とたんに安心してしまって亡くなるものが多かったということですわ。

いまふりかえるとな、しばらく島に残留させて応急食である程度の体力を回復させてから、

終戦直後、混雑する駅で列車を待つ復員兵たち。写真は山口県柳井市の国鉄柳井駅構内

それから帰国させたほうがよかったと思います。

わたしたちは、くる日もくる日も穴うめ作業や。復員はいつになるのか見当もつきません。

はやく内地にかえりたい。かえったら軍隊も解散となって階級もなにも関係なくなる。そうしたら、あの分隊長Sを殺してやろう。そう考えていました。われわれ下士官が、班の兵のいのちを守るために応急食料の放出をもうしいれたのに、鬼のようなかれは言下にこばんだ。いくらにくいヤツでも、軍紀があるから殺したらこちらの負けになる。そう考えていて戦時中はふみきれなかった。ヤツは人間じゃない。部下が餓死しているのに自分だけ銀飯を食べていた。あのにくらしい顔を、わたしは生きているかぎり忘れることはない。

いつまでもうらみつづける。このような鬼の心を持った輩《やから》が分隊長をしていたということがあまりにもざんねんだ。

ついに、復員の順番が回ってきました。昭和21（1946）年1月7日、米軍LST（戦車揚陸艦）に便乗して帰途につきました。うれしかったあ。こんどこそほんとうにおかはんにあえる。母の顔がうかんでくる。

……ここでもおやじの顔はとんと出てこんかった。おかはんの顔だけ。

トラック島での飢餓体験を機に、軍国主義の呪縛から解きはなたれた瀧本さんは、香川県桑山村にかえってきた。戦後の再出発を生まれそだった故郷ではじめた。

故郷へかえる

以上のような戦争体験を持って、わたしは敗戦から5カ月後の昭和21年1月16日に横須賀・浦賀港にかえってきました。

浦賀入港の少しまえに富士山が見えました。日本。これが日本だ。夢にまで見た日本だ。ところがね、1月や。寒いまっさかりでしょう。トラック島いうたら年中が夏や。半袖と半ズボンの防暑服すがたですやん。どないします。常夏の島にいて南洋のからだになっていたもんだから、寒くてさむくてがたがたふるえとるわけです。ぶーるぶるふるえておりましたやん。すぐに収容所に入れられて毛布1枚と少しの現金をもらって、汽車の切符を買いました。衣服類は先に復員したものに支給されて倉庫はからっぽや。汽車に乗ってふるえながらかえりましたで。

満員の殺人列車に乗って、本山駅でおりました。すぐ近くのおかはんの実家で昼寝してから、それから家に向かいました。それだけ体がしんどかったんでしょうね。

6年8カ月ぶりに香川県のわが家にかえりつきました。実家はまだ雑貨屋をしておりました。このまる2年間は音信不通で、わたしの所在も生死も家族にはまったく不明だったそうです。とくにおふくろは、しばらくことばがなかったですな。わたしの顔をじーと見ていました。おたがいに顔を見てぼ~とした状態でした。それからやっとこさおふくろがね、もう生きていないだろうとかくごを決めていたと、おまえは死んどるやろうと、ほいで遺骨がいつかえってきてもいいようにと家族にないしょで用意したという骨つぼを見せてくれましたわ。おふくろが表だってよろこべなかったのは、まだ陸軍からかえってきていないわたしの同級生が近所にいたからでもあります。

ふくらむ疑問、わきあがる怒り

家にかえりつくとすぐに風邪をひいて寝こみました。胃はかなりいたんでいました。トラック島では牛とおなじように草ばっかり食べていたでしょう。いくら海水で煮ていたというても、胃の内側が削られて粘膜がなくなっているわけですわ。胃はのびちぢみするでしょう。そのたびに露出した毛細血管がやぶれます。血便が出てきます。さいわい手術はしなくても薬でなおるだろうと医者に言われたので、しばらくは自宅で療養生活です。

飢餓の世界からいきなりふつうの世界にかえってきたわけですから、いろいろ腹いっぱい食べたい。一度でいい。とにかく腹いっぱい食べてみたい。しかし、それは死に直結します。いっしょに食事をするとおなじものを食べたくなるので、しばらくは家族とべつの部屋でひとりで食事をしていました。

体調はなかなかよくなりません。体力がおとろえているから3日に1回は寝こむわけです。医者にみてもらいながら、湯治に1カ月間と1カ月間の計2カ月間いったこともあります。大分・湯布院の湯平温泉が胃腸によくきくというんですな。おふくろは体がよわかったでしょう。わかいころから湯治に行っていたんですわ。それで湯治に行け行け行ってこいてな、言うわけですわ。ほいで行ったわけですわ。毎朝、源泉からくんだ湯を宿に持ってかえって、火鉢であたためて熱い湯にしてなるべく多く飲むわけです。

復員してから1年がすぎるころには体力も回復してきました。精神もおちついてきました。そのころはどんなふうに思っていたのかな。世の中がはげしくうごいている中で生きているわけでしょう。少しずつ、自分があゆんできた道のりをふりかえるようになりましたかな。

いろいろと考えるようになりました。軍隊生活になつかしさはありませんねん。とにかく死ねとおそわっただけですからね。だまって国の言うことを聞けと。だまって死ねと。考えればかんがえるほどに矛盾を感じます。

わたしが受けてきた教育とはなんだったのか。

なんのために戦争をしてきたのか。

多くのひとがいのちを捨ててなにがのこったのか。

なにがお国のためになったのか。

なにが親きょうだいのためになったのか。

戦争とはなにか。

政治とはなにか。

一番の戦争責任者はだれか。

国の言うことをひとすじにしんじて死んでいった戦友たちは、犬死にではなかったのか。

責任者は死者になんともうしひらきをするというのか……。

戦場での体験は親にもだれにもしゃべっていなかったけれど、とにかく政治への怒りはものすごく感じていましたわ。


—日本の「快進撃」は半年間で終わった。ミッドウェー海戦（1942年6月）のあと—

で日米の形勢が反転することはなかった。吉田裕『日本軍兵士――アジア・太平洋戦争の現実』は、全戦没者の91パーセントが44年以降に落命していたとして、「日本政府、軍部、そして昭和天皇を中心とした宮中グループの戦争終結決意が遅れたため、このような悲劇がもたらされた」と書いている。

瀧本さんの怒りは、戦争をはじめたヤツへはもちろん、殺されなくてすんだはずの多くのひとが「まいった」のおくれによって殺されたと、つづけたヤツへよりはげしく向けられる。戦前戦中のふるまいへの責任に知らんぷりを決めこみ、じょうずに戦後をわたりあるいたヤツへの怒りをかたるときの表情には、鬼気せまるものがある。

日本は戦後も変わらなかった

そのころは食がないでしょう。配給制といって買える米の量にきびしい制限がありましたんやわ。うちの店は村でただ一軒、この配給をまかされとったんですね。体の調子がいいときは店をてつだっていました。そやからはっきりわかったんですが、配給の数値では成人は絶対に生きていけないんです。買いだしに走りまわったというのはこういう理由からなんですわ。

このころはだれもが買いだしにいのちをかけました。みんないのちがけで闇米を買うんです。闇米がないと生きていけないんやからね。闇米を食わんとったら死ぬんやからね。配給では絶対に生きられんのやからね。みんな生きとるかぎりは闇米を食うとるわけや。配給のとおりにした裁判官は餓死したんやから。

東京地裁判事の山口良忠（1913〜47）は、闇米を買うなどした食糧管理法違反の被告を担当していたため、闇米を口にすることを拒むようになり、栄養失調などで亡くなった。

香川はむかしから米がよくとれる産地ですやん。となりの愛媛県とか外から買いにくるんですわ。都会からも着物を持って百姓との物々交換にきました。それ、みんなよめさんのしごとです。やれやれ米がやっと手にはいったと殺人列車に窓から乗りこもうとしたときに、警察につかまるんですわ。当時を生きとったもんは全員が闇米を食うとった。

つまり全員が法律違反をしとった。大臣から警察官からそんなの関係ありません。こいつらも闇米を食うているから生きているわけやのに、摘発の手をゆるめないんです。警察は摘発した米をどう処分したのか。日本の警察だからだいたいわかりますけれどな。そんなことが戦後5年ぐらいつづきましたかな。わたしの村でも摘発されたものがおりました。そういうことをする政府に腹がたちましたな。

納税民主化同盟というのもつくったこともありますわ。そういうなまえでしたわ。村の農家は女手ひとつで苦労しているでしょう。だんなさんが戦争で亡くなっているんやから。それなのに税務署は「1反あたりこれだけの米がとれるやろ」と決めつけてくるんですわ。むちゃな要求をしてくるんです。その話を聞いて腹がたちましたんやわ。部落のものをあつめてむしろ旗をあげました。税務署の職員が村に来るというと、わたしらの出番や。交渉の場に同席させろともとめました。観音寺にある本署に乗りこんだこともありますで。そうしてやな、「このひとはな、男手がなくててつだいをやとっているんだから、もうけなんか出るわけないやないか。利益が出るというなら証拠を出してみい。それから課税せい」と言ってやりました。

金の話で思いだしましたわ。復員してきてはじめて自分の郵便貯金を見ました。2000円たまっとったんですよ。2000円でっせ。こんなにたまっとんのかとびっくりしましたわ。軍隊にはしごとで行っとったわけでしょう。その俸給（給料）ですわ。

おまえの給料はなんぼや、おまえはいくらやなんて軍の中で聞いたことぜんぜんないですわ。割り増しがなんぼやとか、加俸（手当）がなんぼつくのかとか、そんなもんがあるのかどうかも知りません。いっさいわかりません。おまかせやもん。わたしの知らないところで郵便貯金にふりこまれて通帳にのこるだけですやん。戦時中はなんぼのこっているのかもまったく知りません。とくに戦地に行ったらなおですわな。つかうところなんかあらへんのやから。たまるだけですやん。通帳があることも忘れていますわ。

そのころの桑山村では1000円で豪邸が建つといわれていました。村では千両普請と言いましたんやわ。いなかですからね、みんな山を持っているでしょう。そこから木を切ってきて建てるわけや。みんながてつだいに来るわけや。2000円いうたら豪邸ふたつぶんや。たいしたもんじゃないですか。

ところがや。その2000円はパーになりました。戦後のインフレで米の相場はあがる。豆の相場はあがる。公定価格はあってもそんなのちゃらちゃらや。どんどんあがるばっかりであがった先のしっぽがないんやから。田畦豆《たのくろまめ》があるでしょう。ふつうなら二束三文ですわ。これが米に負けんぐらいに値あがりするんやから。小豆1升ならいくらになります? 2000円なんてあっというまに消えました。米なんか買ったらおしまい。パー。そういう損害を国民がこうむっているのに政府はしらんぷりや。

金の話のつづきで言うたら、共同募金というものがあるでしょう。それにも反対しました。当時は行政が旗をふってあつめていましたんやわ。いまでもそういうところがあるみたいですね。しかしな、桑山村はいなかや。いなかでそんなことをされると、まわりのひとの目があるでしょう。つらつらでも応じないといきませんやん。

これも役場に乗りこみました。村長に会わせろともとめましたんやわ。「こんなんはあんたらのしごとちゃうやろ。金をかえせ」と言いました。「国に必要な金は国の会計で予算を組むのがあたりまえやないか」「こんなもんは政府がやることや。役場の人間がてつだいするな」

とも言いました。それで共同募金はわたしの部落でゼロにしました。

朝鮮戦争（1950〜53年）がありました。この戦争でもうけている企業は賃金がいいからと、桑山村からも朝一番の汽車に乗って、愛媛・新居浜の工場へはたらきに行くひとが出てきました。午前6時の朝っぱらから本山駅のまえに弟と立ってな、マイクで呼びかけましたで。わたしと弟のほかにも2、3人いましたかな。「あの工場でつくっているものが、なににつかわれているのかを知っているのか。ひと殺しにつかわれるものをつくってどうするんだ」「肥料をつくっておったらええのに、ひとを殺す兵器をつくっておるやないか」ってな。

もうね、政治への怒りと死んだ戦友へのもうしわけなさでいっぱいですねん。

戦争当時に国の中枢にいた政治家・官僚・軍のおえらいさんらが、厚顔にもいつのまにか中枢にかえりざいていましたからね。そのことを国民はやすやすとゆるしていたからね。

戦争がおわって、かたちの上では民主主義になったのかもしれません。選挙もあります。それで世の中は明るく正しい方向へすすんでいるだろうか。目のまえの現実を見ていると、そう美しくいくもんとちがうなと思わざるをえませんでした。岸信介《きしのぶすけ》なんて、まるで話にならんじゃないですか。

この岸のやろう、ものすごく腹がたちます。戦犯のくせに、いつのまにやらかえりざきやがってやな。しかも首相にまでなったでしょう。なにしとんやということですわ。岸のやろうの復権はアメリカの意思やと思います。アメリカは日米安保体制をつくらないかんからな、それに岸が役に立つということでたくらんだもんやと思っています。ほんで安保闘争を乗りこえたですやん。このことを考えても、戦後になったというても政治は戦前からまるで変わっていないんですよ。そう思いますわ。

岸信介（1896〜1987）は戦前、農商務省・商工省の官僚として統制経済政策をひっぱったほか、関東軍とのつながりから1936年に満州国政府実業部次長になって植民地経営に君臨した。41年10月、東条英機内閣に商工大臣として入閣し、開戦の詔書に署名。その後は、軍需省次官として国家総動員体制をとりしきった。朝鮮人・中国人強制連行の最高責任者のひとりでもあった。
45年9月にA級戦犯容疑者として逮捕され、48年12月に不起訴となった。GHQの民主化路線から反共化路線へという対日占領政策の転換が背景にあったとされる。55年の自民党結成とともに幹事長に就任。首相在任中（57年2月〜60年7月）は米国の思惑どおりに日米安全保障条約に署名した。

靖国神社考

わたしは戦時中、横須賀海軍航空隊におったときに靖国神社を1回まいったことがあります。

東京のまちなみについての記憶はありません。靖国神社では「おまえらが戦死したらここにまつってもらえる」と言われました。「ほお、ここにはいるんかいな」と。いっぽうで「死んで花実が咲くならば、靖国は花だらけやないか」「そんなはなやかなことあるかいな」と、そんなことを同年兵同士で言いあっていましたで。大きな声で言われへんかったけどな。

靖国神社については、わたしはわたしなりの考えを持っております。わたしは靖国神社に反対です。英霊をまつるとか慰霊を目的にしているとかとみられていますが、現実には国民を洗脳するためにつくられた道具だからです。そのような存在の靖国神社なんてまったく無意味です。

わたしの少年時代をふりかえってみても、国民を、若者を、親を洗脳するのにこれだけ有効な施設はありませんでした。せっかくこの世に生まれてきてやな、だれでも長生きしたいですやん。それなのに「戦地で手柄をたてろ。戦死しろ。そうすれば神として靖国神社にまつられる」と多くのわかものがだまされました。戦争に引っぱられて戦地で死にました。のこしておけばふたたびそのようにつかわれるおそれがあります。

靖国に合祀されたことになっとくしていない遺族のかたがおられます。そうした遺族へ早急におかえしするのがとうぜんであろうと思います。承諾をえずにかってにまつったのだから、かえせと言われたらかえすのがあたりまえです。

いまある靖国神社はぶちこわすか解体するかをするべきや。その後に、だれでも好きなときにおまいりできるべつの慰霊施設をつくったらよろしいかと思っとりますねん。

靖国神社をめぐる問題にタブー視はゆるされません。国に殉じたひとに礼をつくす？　死んだひとのためにつくられた？　なにぬかしとんねん。わかものがよろこんで戦場に行くための洗脳施設です。大臣がそろって行くところとはちがいます。そんなにまいりたかったらな、こっそり行ったらいいですやん。それなのに大臣のあほが連れだってやな、まいりに行きよるでしょう。ものすごく腹だたしいですわ。戦争になったら爆弾がおちても安全なところにおるくせにでっせ。


靖国神社は1869（明治2）年、東京招魂社として創建され、79年に改称された。戦前は陸海軍省の管理のもと、国家と神道を融合させることで「天皇のための死」「国のための死」に特別な意味をもたせる施設として機能した。

戦後はGHQの神道指令で一宗教法人となったが、1950年代から軍人・軍属の遺族が中心となって国家管理の復活をもとめる運動がおこった。自民党は国家護持の「靖国神社法案」を国会にくりかえし提出。74年の廃案後に出てきたのが首相による靖国参拝だ。78年にはA級戦犯として処刑された東条英機ら戦争指導者14人が合祀されており、首相や閣僚の参拝は政教分離や歴史認識の観点から問題となっている。

天皇考

昭和天皇（1901〜89）についての考えも話しておきます。わたしは17歳で海軍に志願しました。戦場で餓死の5分前までいきました。そのようなわたしから言わせてもらうと、「なにが天皇じゃ」ということですわ。あの戦争の一番の責任者は天皇じゃないですか。そういう思いがひといちばいつよいわけですわ。天皇が死んだとき（89年1月7日）もなにも思いませんでした。自粛さわぎが起きましたが、そんなもんはせんでもよろしいのに、ふつうに生活しとったらいいのにと考えておりました。きつい言いかたかもしれません。こういう感情をいまのわかい世代が知らないのはご無理ごもっともと思います。

でも、わたしらは戦前こうおそわりました。日本の国内に有る物は全て天皇の持ち物や。銃に御紋が入っとる。だから丁寧に扱わないかん。鉛筆一本でも天皇陛下の物や。だから大事にせんといかん。とにかく全てが天皇の物や。人の命も天皇の物や。天皇の為には何を於いても殉じないかん。

こういうふうに子どものころからおしえられました。そのとおりにしんじておりました。この世のすべてが天皇のものやと考えておりました。

戦前の天皇というたら、通りすぎていくまではわれわれは頭をあげたらいかん存在でした。天皇は神やから。これが戦前の絶対の教育方針でしたからね。神がしょんべんするか。そう考えるようになるのは自然のことでした。世の中全体がそうだったからね。平常がそうなっていましたからね。これはおかしいと考えるすきまはありません。うたがうきっかけもありません。戦前の大日本帝国憲法では第1条で「大日本帝国ハ万世一系ノ天皇之ヲ統治ス」とさだめられておりました。万世一系なんて、これはうそのおしえでした。教育の力というたらほんまに偉大です。ほんとうやとしんじましたからね。

そういう存在の天皇でしたから一番えらいひとやろ。その点やっぱり責任者ですやん。それなのに結局おのれは責任をぜんぜんとらなかったじゃないかということです。せめて敗戦で身を引かないかんかったですわ。身を引くどころか、天皇制をつぶさんといてくれとマッカーサーに願ったんでしょう。そのことは占領政策を円滑にすすめたいマッカーサーもねろとったわけや。日本国民を手なずけるためには天皇制があるほうがいい、つぶしてしもたら日本をおさめにくいと。たまたま天皇とマッカーサー両方の意見が一致したわけですわ。

昭和天皇は、明治憲法第11条に「天皇ハ陸海軍ヲ統帥ス」とあったように、陸海軍の最高司令官（大元帥）だった。吉田裕『アジア・太平洋戦争』は、井上清『昭和天皇の戦争責任』といった先行研究をふまえつつ、「参謀総長・軍令部総長が上奏する統帥命令を裁可し、天皇自身の判断で作戦計画の変更を求めることも少なくなかった。また、両総長の行なう作戦上奏、戦況上奏などを通じて、重要な軍事情報を入手し、全体の戦

局を常に把握していた」と戦争への具体的な関与を指ししめす。そのような天皇が東京裁判で裁かれなかったのは、これもGHQの「政治的判断」でしかなかった。「マッカーサーは、四五年九月二七日の天皇との第一回会談以後、占領統治の円滑化のため、天皇を最大限に利用し、天皇を戦犯として訴追しない肚《はら》を固めていた」（粟屋憲太郎『東京裁判への道』）。

天皇は戦争責任をどう考えていたのか。75年に皇居であった記者会見で「そういう言葉のアヤについては、私はそういう文学方面はあまり研究もしてないのでよくわかりません」と話し、原爆のことには「遺憾には思っていますが、こういう戦争中であることですから、どうも、広島市民に対しては気の毒であるが、やむをえない」と答えている。

あいた口がふさがりませんな。ほんとうは終戦のときに天皇制をくずさないかんかったんですわ。くずさんと存続させたために日本は戦後をあやまったと考えております。

したがってわたしの皇室観は、天皇制もふくめて「なくせ」ということです。「なくすべきや」「いらんもんや」と思とります。

いまはなかばあきらめておるけれど、とにかく天皇制はなくさないきません。これは意見としてはっきり言わせてもろてます。戦争に負けてな、天皇も人間やと発表したでしょう（1946年1月1日の年頭の詔書）。そうか、おなじ人間かと。神さんじゃないと。そうであれば皇族だろうがなんだろうが、わたしらとおなじようにはたらけ。そういうことですわ。国からの支給を停止してな、はたらいたらええんや。おなじ人間やもの。

戦争中、子どもが戦死した親はかげでこっそり泣きますやん。なんでや。なみだまではだませなかったわけや。わが子はかわいい。そのきもちまでも変えることはできなかったんですわ。同時に母親は自分がだまされておることに気がつかなかった。わたしらもそうでした。兵隊に行くときも肩をいからせて楽しげにせないかんかった。しょんぼりしていたらおおごとや。だまされてるから気づかないだけで、死にたくないという思いを心の奥におさえこんでいたわけです。戦場で「天皇陛下万歳」とだれがそんなこと言うて死ぬんですか。聞いたことはいっぺんもない。みんな生きたいわけです。それが人間の本能やから。17歳のとき、本山駅を出て佐世保海兵団に向かう汽車の中でなみだをながしたのは、そのときはわからなかったけれど、そういう意味だったんだろうと思います。

わたしが一番なさけないのは、だまされておったことですねん。だまされておったことは忘れることはないんですわ。いまでもくやしいですやん。国にだまされた事実に変わりはないんやからね。だましやがったなと生涯ずっと腹をたててます。死ぬまで腹をたてます。

東京裁判で一部の戦犯は罰せられたけれど、それとはべつにわたしたち日本人自身の手でさばかないかんかったのですわ。戦争犯罪人は東条英機のほかにもいっぱいおったわけですわ。天皇もさることながら、もっと身近にいたヤツの責任もわたしは忘れません。軍のおえらいさんやら官僚やら戦争でおいしい目をしたヤツらやらですね。こういうヤツらが実質的にわれわれを支配したんやもの。こいつらが戦後も多数のこりましたやん。それを国民はゆるしてきたわけやからね。戦前の政治を戦後の政治としてそのままのこしてしまいましたからね。政治をぜんぜん変えることがなかった深刻さに、わたしたち国民はそろそろ気づかなかったらあかんと言いますねん。

法律的にはどうなのかは知りませんし、しろうとのわたしが言うても屁の突っ張りにもならんだろうけれど、人民裁判でいいから裁くべきやったと思います。いまからでもおそくはありません。すべきですわ。それをせんかったために戦前の政治が戦後もそっくりそのままのこったわけです。わたしたち日本人がみずからの手で責任をはっきりさせないかぎりは、戦前の政治がつづいていることになります。

日本の戦争指導・責任者をさばく極東国際軍事裁判（東京裁判）は、ドイツ・ナチス幹部をさばいたニュルンベルク国際軍事裁判につづいて、1946年5月から48年11月までひらかれた。「平和に対する罪」で訴追されたA級戦犯28人のうち、病死・精神障害で免訴の3人をのぞく25人全員が有罪判決をうけ、東条英機ら7人が絞首刑となった。

この東京裁判には、敗戦時に日本政府とくに陸海軍が徹底して文書を焼却・隠蔽したため証拠隠滅という大きな壁があったほか、細菌兵器や毒ガス作戦の責任者を見のがす

不公正もあった。通例の戦争犯罪（B級）と人道に対する罪（C級）の戦犯に対する軍事裁判では、朝鮮・台湾出身者49人が日本の責任を押しつけられて処刑された。

瀧本さんが「天皇もさることながら、もっと身近にいたヤツの責任もわたしは忘れません」と指摘する一例として、特別高等警察（特高）を見てみよう。

特高は戦前、内務省警保局保安課の指揮のもと、治安維持法を武器にして拷問と虐殺と陵辱をかさねた。その犠牲者のひとりが東京・築地署で殺された小林多喜二だが、被害の全体像はわかっていない。

特高は戦後どうなったのか。特高官僚の実名と経歴をしらべた柳河瀬精『告発 戦後の特高官僚』は、職を追われたのは巡査ら下級警察官だけで、特高官僚の多くが公職についていたことをつまびらかにしている。多喜二虐殺の主犯のひとりで、戦前の36年に「国家治安維持上特ニ功績アリ」として天皇から銀杯をうけた警視庁警部の中川成夫は、戦後は東京都北区教育委員長をつとめていた。「中川一人にとどまるものではありません。特高官僚たちは、そ知らぬ顔で国会議員となり、国家機関や地方自治体で要職についています。そのポストは国家公安委員、警察庁長官、警視総監、防衛事務次官、自治事務次官、文部事務次官、厚生事務次官、公安調査庁局長、県知事、副知事、市長、助役、教育委員長、まだまだあります」と指摘している。

憲法9条考

ざんねんながらいまの憲法ができたとき（1946年11月3日公布、翌年5月3日施行）のことをおぼえていないんですわ。生活がいっぱいやったんでしょうな。それどころじゃないですやん。だからいまごろになって気がついて。日本は戦争に大敗してね、国がつぶれるかもしれんところまでいったわけです。それで憲法が変わったことは知っとったけれど、どういうふうに変わったのかとかまではな、そんなことはまったくといっていいほど当時はわかりませんでした。

それから朝鮮戦争と警察予備隊（GHQの命令で50年に設置。52年に保安隊へ、54年に自衛隊へと改組）の問題が出てきました。あ、こら、ちょっとおかしいなと。そのころですかな、憲法のことを意識しはじめたのは。まだまだ熱心じゃないですけれどね。

いまの憲法には大賛成です。戦争をやらないということやからね。それが戦争やりますと狂うてきとるでしょう。それには大反対なんです。勝っても負けても戦争は絶対にやってはいけない。このわたしの考えは戦場体験から繰りだしているんですわ。

やっぱり一番は9条ですね。だけど、この9条の存在も風前の灯火なんですよ。緊急事態条項なんてのをつくったらそうとうなことができるんです。

自民党は2012年に憲法改正草案を発表し、首相の権限を極限まで高める緊急事態条項をもりこんだ。戦前の大日本帝国憲法にも天皇の緊急勅令や非常大権といった事実上の緊急事態条項があって、乱用されたという歴史の教訓からや、権力の暴走を憲法によってしばるという立憲主義の観点から批判されている。

いったん「緊急事態」となったら、国のため、戦争のため、いのちも物もどんどん提供せないかんことになります。そうすると、「緊急事態」とはだれのためにあるのかということになります。政治のためにある。金もうけのためにある。そのために「緊急事態」は発せられる。ひらたく言えばな、そうですやん。ふつうの国民のためにあるのではありません。「緊急事態」と言うたら国民をだますほんとの奥の手ですわ。支配側にとっては有効です。「緊急事態」になれば、アメリカの側に即つかないかんことになるでしょう。いまの時代はそこまできてますやん。ほいで防衛予算でアメリカから武器をどんどん買うだけや。防衛予算はアメリカのためにくんどるようなものですやん。そのうえアメリカにはようものを言えませんやん。いいなりですやん。アメリカはアメリカで自分のところの兵隊は殺したくはないわけです。かわりに自衛隊をつかいたいわけです。ほいでアメリカ兵のかわりに日本のわかものが戦争に行くと。日本から金だしてもろて、兵も出してもろて、アメリカはほろ酔い気分や。そういう蜜月ができとるわけですわ。

ある年の5月3日、憲法記念日に、わたしなりに自衛隊と憲法の関係について考えてみたことがあります。北海道・長沼訴訟における自衛隊違憲判決がありました（1973年）。名古屋高裁によるイラク派遣違憲判決もありました（2008年）。わたしは、長沼判決を書いた福島重雄裁判長を心から尊敬しております。裁判官としてあたりまえのことをあたりまえに決断されたからです。

そのほかの裁判所は憲法問題から逃げつづけております。したがって、自衛隊と憲法の関係をめぐる自由な議論が、国民のあいだにひろがっておりません。長沼判決も上級審でみごとなまでにひっくりかえされました。結局これも「戦前と戦後はつながっておる」という問題と同根のことですわ。憲法を守るのが裁判所の役割なのに、ざんねんながら時の権力におもねって司法の独立も裁判の公正もいまだにのぞむべくもありません。

4000万円を失う

復員した香川から大阪に出てきたのは、昭和28（1953）年のおわりのころでした。わたしは長男でしたが、いなか暮らしがあわなくなって反対をおしきって飛びだしてきました。

そのころは保証人がいないと就職なんてできんでしょう。大阪に知りあいはいないし保証人になってくれるひともいません。最初は河内（いまの大阪府東大阪市）に住んで、いろいろやりましたわ。うどん屋をしたりお好み焼き屋をしたり。そんなところからはじめましたわ。

なにかせんと食うていかれんでしょう。なんでもやらなしゃあないわけです。それでうどん屋です。むちゃくちゃやけれどな。屋台のひとにおしえてもらうわけですわ。見ようみまねですわ。それでも一所懸命に勉強しましたで。味つけがむずかしいんですわ。うどん屋は4、5年はやりましたな。ガソリン関係もしました。

それから不動産関係に手をだしました。わたしに向きませんでしたが、土地ブームのおかげでたすけられた面がありますわな。昭和37(1962)年まではいい調子でもうけましたな。なんだかんだ言うてもうけたからな。当時は土地を買うとったらもうかったからな。

ところがね、香川の商業学校時代の2年下の後輩から、会社をやるから銀行取引の保証人になってくれとたのまれてね。不動産でもうかっていたし、あほやからひとをうたがうことをしなかった。保証人のはんこをついて、土地も担保に提供したんです。当時の金で4000万円ですわ。全部ふきとびました。はだかになりましたわ。ひとに言われんぐらいの踏んだり蹴ったりです。

世の中むずかしいもんですわ。そういうあほなことをやっておりますねん。こんなあほやったのかと、おまえはそんなばかやったのかと思われるからあまり言いたないんですが。かくしとったって親にしれますやん。心配かけてなあ。そのときは生きとる気せんかった。だから死なんといかんと思いましたんやわ。生きとるのがめんどうくさくなってな。

ある日、大阪市役所に行きました。用があって行ったんじゃなくて、たまたまふらついていたんですわ。そのころは市役所の近くの川沿いに並木がありました。警官と市の職員が集まっているんですわ。なにごとかいなとのぞいたんですね。首つりの現場だったんですわ。見たんです。木にぶらさがっとるのをおろしてね、どないしたか。硬直しとるでしょう。体をまげるために顔を踏みつぶしとるんですわ。そうして腰やらなんやらを折りまげたんですわ。その動作を見てね、これはな、自殺したらしまいと考えていたけれど、死んでまであないうあつかいされるなら考えなあかんなと。あんなそまつな処置をするんかいなと。それで考えをあらためましたんやわ。

結局、自分が悪いんやなと悟るまでになんぼかの期間がかかりました。だまされたほうがあほやなと。法律を知らんかったからね。

ふんどし一丁で結婚

すってんてんになったあとの昭和40（1965）年ごろかな、知りあいが衣料品店をやっていて、声をかけられて青森にほいほい行きました。

ところがや、こいつがくせものや。問屋から手形で買うでしょう。最初から不渡りにするつもりなんです。東京から金とりがくると、わたしに責任をおしつけておのれは逃げるわけや。まるで泥棒のてつだいをしているようなもんじゃないですか。ま、これもわたしにひとをみる目がなかったんですな。

かといって大阪にも香川にものこのこかえれませんやん。青森でも不動産をはじめたわけですわ。もうかりません。「どっからきた」「大阪や」「そうか、生き馬の目を引きぬくようなやつか」とこうなってなかなか信用してくれない。ようやくリンゴ農地の売り買いを仲介して、なんとか借金しないで生活できるようになりました。たいがい苦労しましたわ。

復員してから鳴かず飛ばずや。戦争から生きてかえってきたのにやな、やっぱり戦争で死んだほうがましやったと思うこともありました。そのころは戦争の語り部になろうなんて露ほども考えていませんでしたからな。それでもなんとか踏みとどまりました。せっかく戦地からかえってきたのに首くくらなあかんようになったらえらいことやと。戦争からかえってきたのはなんのためやと。ええとしてそんなこともわからなかったのかとはずかしながらまた反省しました。

青森には4年半おりました。このときに家内の節子と結婚しました。わたしは保証人のはんこをついてふんどし一丁や。それを承知の上でなにを考えたのか知らんけれどな、「わたし、あなたと結婚する」と藪から棒に言うわけですわ。

家内と知りあったのは、青森に行くまえ、わたしが大阪府豊中市で石油をあつかっていたことがあって、そのころですわ。4000万円を失って1年後ぐらいですから、昭和38（1963）年かな。接骨をやっている女のひとが近所にいて、じつはわたし、そのひとが好きやったんや。琵琶湖にドライブ行かへんかとさそったんですわ。ひとりでさそったのとちがいますよ。わたしの知りあいもいっしょにみんなで行こうかということです。名神高速道路ができたときでしたわ（１９６３年７月に栗東ＩＣ―尼崎ＩＣが開通）。それで接骨やっとる女のひとは、高校のときのともだちの家内をさそったんやな。まちあわせ場所に行くと家内がおってびっくりや。それで日曜日、みんなで車１台に乗って琵琶湖へ泳ぎに行きました。

それで家内がわたしに関心を持ったらしいんやな。くわしいこと知らんけれどな。それからや、大阪市に住んどった家内も、接骨院にちょぼちょぼとあそびにくるようになって、いろいろわたしと話すようになって。その家内が骨折して入院したと聞いたので、接骨するひとよりは好きじゃないけれど、かわいそうだからと病院に面会に行って。それからわたしも心がうごきだして。

ほいでわたしは青森に行ったでしょう。家内は高校の先生をしていたんですが、わたしがおるからと先生をやめて青森に来たんです。それで結婚しましたんやわ。むこうが強引でしたわ。大阪にかえってきたのは昭和45（１９７０）年のはじめです。はじめのころは家内の実家にいそうろうしてね、そこをわが家のような顔してすごしておりましたわ。子どもはつくらんとこうと話しとったんだけれど、どこでどうまちがえたのか息子が生まれたわけや。わたしが49歳になる直前ですわ。

それからね、こっちは金がないから家内のきょうだいから借りて、吹田市で小さい家を買うてね。このときわたしは運送会社につとめていました。ガソリンをとりあつかう免許を持っていたので、運送会社で5年ぐらい、その役をしとったわけです。その後また不動産業をはじめて70歳ぐらいまでしました。

苦労して苦労して、親にも家内にも心配をかけて、やっとこのマッチ箱のような自分の死に場所をつくりました。家内が高校の先生をやっていたのでたすかりました。家内は２０１５年1月17日、79歳でなくなりました。長らくわずらっていたけれど、それほどくるしまずに逝きましたから、それはよかったと思とりますね。

第7章

老兵の遺言

2017年5月、語り部を再開したころの瀧本さん

――瀧本さんは2008年、子どもたちに戦争体験を語る活動をはじめた。――

語り部になることは考えていなかったんですよ。そんな気はぜんぜんありませんでした。75歳ごろのことでしたかな。新聞の死亡記事欄を見たら、語り部のかたが亡くなったと載っていました。これを読んでな、ほお、こんなひともおるんやなあと。わたしもどっちみちおなじ立場になるんだから、ここらで本気になって考えなあかんかなと。

でも自分は適齢になっていないなと。まだわかいなと。わたしがやらんでも語り部はようけおるわいと。それでもちょっとな、ぼけぼけしておられんなと。そういうことを思いはじめましたんやわ。

それに語り部のかたの多くは陸軍の出身でしょう。だって陸軍のほうが人数が多いんやもん。わたしは海軍や。人数も少ないからねうちがあるかもしれんなと、こういうきもちも出てきたんですわ。わたしにもわかい時代がありましたやん。トラック島で餓死寸前までいきました。国にだまし討ちにあったなと身にしみとりますやん。これはつたえる価値があるかもしれんなということで、ほいで資料をぼつぼつあつめるようになりました。忘れないうちに日記も書いとかないかんなと準備をはじめたんです。

ほいたらこんどは学校のつてがないわけですわ。どないすればいいのかと考えておったわけや。わたしは剣道をやっとったでしょう。剣道7段・居合道7段ですから、2、3カ所の少年剣道におしえに行っていました。ならいにきていた子どものおかあさんが学校の先生でね、わたしの体験を知って「ぜひはなしてください」と言われたんです。第1回は大阪府箕面市の小学5、6年生があいてでした。それが語り部のはじまりですねん。

いま語り部として、戦争体験をみなさんにつたえております。わたしがこうしてお話しできるのは、生きてかえってきたからですね。わたしが生きとるのは太平洋戦争中に3回の奇跡があったからです。

奇跡その1——機銃掃射を受けて

一番目の奇跡は、ミッドウェー海戦（1942年6月）のときに起こりました。飛龍が1発目の爆弾を受けるまえのことです。

アメリカの戦闘機が飛龍のななめうしろから突っこんできました。わたしは甲板の真ん中あたりにいて作業をしとりました。ババババババババッと機銃掃射をあびせられました。逃げる場所も暇もありません。とっさに甲板にふせました。目をあけて見とったらね、わたしの右側20、30センチのところの甲板に着弾してパンパンパンパンパンとはしっていきました。

それ、見とりました。甲板は鉄板です。その上に、艦上機のタイヤがすべらないように木をしいてある。その木っぱが飛びちりました。

さいわい機銃掃射をしてきたのは1機だけやった。終わってからね、やれやれと立って体をのばしてみると、痛くもかゆくもない。ああ、どうもなかったな、これはよかったなと思ってね、ひきつづき作業をやっておりました。現実はどうもあったんですね。気がつかなかっただけでね。甲板にあたってグシャと変形してはねかえった機銃弾が、わたしの右の肩甲骨あたりにあたっておった。そこから体にめりこんで腋《わき》の下あたりで止まっておりました。そのときは気づきませんでした。痛くもかゆくもなかったからね。背中に軽い出血があると戦友に知らされたもんだから、止血処置をしただけでした。

それから1週間後、ミッドウェーからかえる途中の船の中でです。右腕があがらなくなった。さわってみると右わきの下にぐりぐりができとるんですわ。がーとつかんだら、中にごろごろとかたいやつがあってね。軍医にみてもらったら「こらいかん。弾がはいっとるわ」というんですね。佐世保の海軍病院で摘出しました。

機銃弾がもう少し左側によっていたら、わたしに直撃していました。そうなるともちろん即死です。機銃弾にも大きいやつ小さいやつがあるでしょう。日本の零式戦闘機なら機首の7・7ミリ機銃弾と両翼の20ミリ機銃弾とがあります。アメリカの機銃弾が大きいほうだったら、直撃していなくてもわたしの首なんかありませんわ。わたしにとっては奇跡ですねん。

奇跡その2——トラック島の空襲の中で

第二の奇跡はトラック島におったときに起こりました。

空襲が毎日のようにありました。死にたくないから毎日のように防空壕にはいります。防空壕はふたつあって、こちらにひとつ、80メートルぐらい先のあちらにひとつありました。

こちらの防空壕は入り口がひとつしかありません。ところが入り口は岩盤でね、がんじょうですやん。ものすごく強固に見えるんです。上の土もぶ厚いんです。安心しますやん。絶対こっちやなと思って毎日ここにはいっておりました。毎日ですよ。

80メートル先のあちらの防空壕はコの字型になっていてね、入り口がふたつあります。どちらからも出入りできるから便利でしょう。ところが上の土が少ない。ちょっとしか乗っていなくて薄いんですわ。ものすごくたよりないなと。こら爆弾1発くらったら防空壕ごと吹っとばされてしまうやろうね。だから1回もはいったことありません。

ある日ね、また空襲がありました。いつもとはちがう80メートル先の防空壕にかけこんではいったんですわ。ただなんとなくですねん。なんの気なしにふらふら〜とはいりました。きょうはなにかがおかしいとか、虫の知らせやとか、そんなことじゃありません。意識なしです。

空襲がやみました。防空壕から外に出ました。びっくりですわ。毎日はいっておった防空壕に1トン爆弾が直撃ですやん。岩盤がくだけて入り口が完全にふさがっとるわけですわ。しかもこの防空壕の出入り口はひとつしかありません。中に空気がいきませんやん。

ただちに、岩石をとりのぞく作業をはじめました。みんな栄養失調でふらふらや。なにも食べてないから体力はない。でもはやくのけてやらな中のひとが死んでしまうでしょう。いのちにかかわることや。しんどいとかなんとかそんなこと言うてられへん。やれるだけやりました。

小さいスコップでかいて土をばーとのける。爆弾の直撃で壕全体の土がゆるんでいるから、上からザーとくずれおちてくる。また埋まる。またばーとのける。またザーとおちてくる。のける。おちる。これのくりかえしですわ。まるで入り口が見えてきません。

やっと見えたのは1週間後でした。この1週間は長いですやん。そのあいだ空気とまっとんのやから。生きとられんじゃないですか。防空壕の中には20人ぐらいはいっとりました。右と左の壁にわかれてね、こっちに10人ぐらい、こっちに10人ぐらい。みんな空気がすいたいから、空気がはいってくる入り口の方向の土に頭をつっこんでね、ほんで全員が死んでおりました。

いつもどおりに防空壕にはいっていたら、わたしもまちがいなく窒息死していたわけです。このときだけふらふら~とはいらなかった。これもわたしにしたら奇跡じゃないですか。人間業でできることじゃないですね。これが二番目です。

奇跡その3――レイテ島への潜水艇

第三の奇跡もトラック島でです。

わたしをふくめて5人に転勤命令がきたんですわ。突然のことでおどろきましたが、それから起こったことにもっとびっくりですわ。

どこへ転勤さすんやと思たらね、フィリピンのレイテ島やと、こういう命令やったんです。命令を受けたのはみんな23、24歳のわかものばかりや。5人とも年齢だけをみたら元気ざかりですやん。ふつうならね。実際は食いものがなくて骨と皮や。栄養失調でふらふらや。生きとるのかどうか自分でもわからんぐらいや。歩くだけでせいいっぱいや。いつ死ぬのかわからんぐらいによたよたや。銃も重くて持てないほどによろよろや。そんなやつをやな、転勤させてやな、なにをさすんや。連れていってなんになるんや。

転勤を決めたヤツらは内地におるわけです。最前線のほんまの状況を知らんのですわ。わたしらが餓死寸前だと知らないわけです。現状をいっさいキャッチしていないんです。おそらくヤツらはな、書類をめくってね、年齢だけみてね、「お、こいつはまだわかいからつかえる」と考えたのとちがいますか。ああ、こいつも元気そうや、転勤させたれ。あ、こいつもおなじぐらいの年齢か。こいつも、こいつも。そうか、ほな5人やれ、てなもんですね。こうしてえらんだんでしょう。現地を知らないと白状しとるようなもんじゃないですか。なにを考えとるんやと。こういうヤツらが作戦をたててもろくなことはありません。

それでもな、もう戦争はこりごりや。とても勝ち目はないと考えておりますやん。そんなときやからね、1日でもはやくトラック島を出たいですやん。少しでも内地にちかいところに行きたい。そう思っていますやん。トラック島におったってなにもええことないんやから。そういうことですからね、転勤、そらええわい。

ところがどうやって行くんやと。トラック島からフィリピンいうたら3000キロぐらいあります。ミッドウェーのあとは負けいくさばっかりでやな、制海権も制空権もとうにない。飛行機もない。船もない。どないして行くんや。ほしたらね、海軍が昔つくった古い潜水艇がのこっているから、これに乗せてレイテ島におくるということなんですね。晩に出て、南洋の各島を回って、よったところから毎回ひとりずつ乗せて、おくるということですわ。もどってきたらまた島を回ってと、そういう話なんですね。

1カ所からひとりしか潜水艇に乗られないでしょう。トラック島には5人おるからね、順番を決めないかんでしょう。こっちにしてみたらね、口に出しては言われんけれどやな、ちょっとでもはやく行きたいですやん。つぎに餓死するのはだれやろかと、おれの順番はいつくるんやろかと、考えているのはそれだけですからね。1日でもはよ行きたいですやん。関係ないひとにくじをつくってもらいました。5人で引いて順番を決めました。とてもざんねんなことに、わたしは最終便の5番目になりました。つらかったですわあ。けどね、しかたない。

4人目までは決めたとおり潜水艇に乗ってレイテ島へ行きました。順調でした。あ、こんどはおれの番やな、やっと乗れるなと思てね、楽しみに待っとりました。行き先がどんな状況かわからんけれど、とにかくトラック島を出たいんですわ。

ところがね、通信兵がわたしのところに来ました。瀧本、おまえが乗る潜水艇、沈んだぞ。そう言うてきました。レイテ島からもどってくるときに駆逐艦に見つけられてね、攻撃を受けて沈没したというんですわ。そういう連絡がきたんですって。

わたしだけおいてけぼりや。トラック島を出られる最後の望みもたたれました。つらかったですわ。泣くぐらいつらかった。ほいで泣きました。ひとしれず母親をしのんでなみだをながしました。

それからしばらくしてからのことです。通信兵が防空壕の中でラジオを傍受していますやん。そいつが言うには「レイテ島で陸海軍が最後の大決戦をやった。海軍の艦船は全滅、陸軍の兵士は全員玉砕した。そういうニュースがはいった」ということですわ。ほいたらな、わたしもフィリピンによろこんで行っとったらね、完全におだぶつですやん。潜水艇に乗る順番がはやかったら確実に死んどりますやん。わたしの生死も紙一重やったわけです。

日本の絶対国防圏はすでに決壊していた。

マリアナ諸島を陥落させた米軍は1944年10月、フィリピンへの上陸作戦をはじめた。日本にとっては、開戦直後に占領したフィリピンをうばいかえされることは、石油などの南方資源をはこぶ経路が断たれてしまうことであり、その先には米軍の本州上陸しかない。このため陸海軍は、計画していた捷1号作戦を発動。全勢力をフィリピン戦

線にそそぎこむことにした。瀧本さんへの転勤命令はこの一環とも考えられる。このたたかいで連合艦隊は事実上消滅し、陸軍も壊滅においこまれた。
陸海軍の戦没者を地域別でみると、フィリピンは最多の50万人にもなる。

まことにひとの運命は紙一重ですわ。生死もまた紙一重。一寸先は不明です。潜水艇の乗員には気の毒でしたけれどね、これもわたしにしてみたら奇跡なんですね。

生かされとるものの責任

このみっつの奇跡によってわたしは生きてかえってきました。どのことを考えてもわたしにとっては奇跡ですねん。こうして生きていることが不思議なんです。命令どおりにうごかされて死んどらなあかんやつが、ぎゃくに生きてかえってきたんやから不思議なことですやん。みっつの奇跡に人智のおよばない運命を感じないわけにはいきません。母親がいのってくださったおかげでしょうか。生きのこって戦争の惨状を語りつぐようにという神や仏のなせる業でしょうか。

ですからわたしは自分の力で生きとるのとちがいます。生かされております。生きとるはずのないもんが生かされとるんやから、生かされとるものの責任がありますやん。そう思とります。戦争の実態をストレートに、そのままのすがたでつたえる責任です。

わかものへ

元海軍兵として、みなさんにおねがいがございます。

わたしがこうして話をさせてもらうのは、わかもののいのちを――としをとったひと、がまんしとってくださいよ――わかもののいのちを守りたいからなんですね。だからしゃべっている。これから日本の国をね、背おっていくひとがね、元気で長生きせないかんじゃないですか。そうでしょう。みんながしあわせになってくれなこまります。みんなが平和に生きてくれなこまります。みなさんにとっては、かけがえのないいのちを、ひとつしかないいのちを守ることにつながります。そのつもりでしっかり聞いていただきたいと思います。

戦場体験から生まれたわたしの戦争に対する考えかた、これを簡潔に言います。

「国にだまされたな」

いまの心境を率直に申しあげるならば、そういうことです。

わたしは海軍に志願しました。戦争に行きました。お国のためやというてね。天皇のためやというてね。それはまちがいやった。だまされておった。きみたちにはしっかりしてほしい。だまされんでほしい。わたしのようなみじめな経験は二度とあってはなりません。国のご都合に、国をうごかしとる連中のご都合にだまされたらだめだよとわたしは言いたい。

みなさんには戦争のほんとうのすがたを知ってほしい。たった一度の人生ですからね。自分がのぞむ人生をあゆんでほしい。とくにお子さんをお持ちの母親はそう思うんじゃないですか。だからわたしはみなさんにしゃべっとるんですね。わかものは国の宝です。いのちをたいせつにしてください。

戦争とは「親より先に子が死ぬこと」

戦争とはなにか。そう聞かれます。これを説明するのにむずかしいことばはいりません。簡単明瞭に説明できます。

だいじにだいじに育てたむすこが、国のことばにだまされて、戦場におくられて、そして親より先に死ぬっていうことなんです。自分の通ってきた道のりを考えてね、これはまちがいないことやと思っております。

戦争になると、わかもののいのちは消耗品となります。そんな戦争で死んだらいけません。子どもが親より先に死ぬことがあっては絶対にいけません。きみたちのおかあさんに、「わたしを必死の思いで生み、育ててくださったのは戦場へおくりだすためですか」とたずねてみてください。「はい、そうです」とこたえる母親がどれだけいるでしょうか。

戦場に行くのはわかもの

戦争がはじまったら戦地にだれが行くんや。

わかものが行くんだよ。きみたちわかものなんだよ。わたしみたいなおじいが行くのとちがうんだよ。こんなつかいものにならんおじいが行ってもしょうがないでしょう。きみたちわかものが戦地におくられるんだよ。

おれはいややとことわることはできません。戦争になったら法律によって強制的に戦場へおくられます。すべてのひととわかれさせられて最前線へおくられます。ほんで死ぬんです。

戦争の目的は金もうけ

もうひとつ、つっこんで言うなら、戦争のほんとうの目的はなんや。戦争になったらつらいひとができる。泣かないかんひとがようけ出てくる。それはわかっとんのに、なぜ戦争が起こるんや。

これもわたしの考えです。

わかものが戦地におくられる。いのちをおとす。親より先に死ぬ。ひきかえに大金もうけをするヤツがおる。そういうことです。こいつらは腹いっぱいもうかります。だから戦争は起こるんです。

戦争のほんとうの目的は金もうけ。煎じつめたらそういうことです。金もうけ以外に戦争する意味はないんやから。戦争が起こるとわらいのとまらんヤツが現実にいるんだよ。それも、ひとのいのちとひきかえにだよ。だから戦争が起こるんだよ。そんなヤツらにだまされてむだ死にすることがあってはいけません。それを申しあげたいと思います。

戦争で金をもうけるのはだれか

わかものの死とひきかえに金もうけ。そのためだけに戦争は起こる。そう言いました。もうけた金はどこにいくんや。もうけるヤツはだれや。もうけるヤツはほんとうのことを言いません。もうける秘策をひとにおしえるわけがありませんからね。そうでしょう。

だけれど、金の流れをおえばすぐにわかるんですわ。戦争になったら国は戦時予算を組みます。その大半が兵器代になります。それはどこに行くんや。兵器メーカーのふところにはいるんでしょう。ほかにどこに行くんや。戦地で死んだわかものに行きますか。もろてもしょうがないでしょう。死んどるんやから。

特定業者の金もうけ。これが戦争のほんとうのすがたなんです。こいつらは戦争に勝っても負けてももうかるんやから。勝ったら勝ったで「もっと高性能の武器がありますから、どうぞ」とまた売れます。負けたら負けたで「武器が足らんから、どうぞ」とまた売れます。どちらにしろ大金がふところにころがりこむんやからね。ほくほくですやん。

日本は満州を占領したでしょう。東南アジアを支配したでしょう。そこに行ったのは軍隊だけではありません。もうけ時やと日本の会社もどんどん進出しとるんですね。軍と癒着しとるんですわ。そのことをようくおぼえておいてください。こうしたことにわかもののいのちがつかわれていいんですかと、わたしはそう思っとるんです。

戦争をすると決めるのは戦地に行かない年寄り

戦争をすると決めるヤツ、それはだれや。

1000人いて1000人がいやだと言ったら戦争は起こらないでしょう。ところがね、ざんねんながらね、戦争をしたいひとが1パーセントおるんです。この1パーセントが、きみたちわかものをだまして戦場へおくるんです。この1パーセントとはだれやということです。

わたしの体験から言いますと、政治家・官僚・財界・メディアといった国をうごかしている年寄りです。国の中枢にいるヤツらです。年寄りの指導者が戦争をすると決めます。

しかもですよ、こういうヤツらは戦地へ行きませんよ。銃弾が飛びかう現場に、砲弾がおちてくる戦場に顔もすがたもあらわしませんよ。なんでや。わが身がだいじやからね。

国は「美しいことば」でわかものをだます

年寄りは、わかものをどうやってだますんや。

戦争をすると決めるヤツは、わかもののいのちを利用します。わかものをその気にさせるために、「美しいことば」をつかいます。

むかしなら「天皇陛下のため」「お国のため」ですね。

いまなら「国を守る」ですね。

わたしの経験から、これはうそやと思っとります。「国を守る」。これは国民をだますことばなんです。国のきれいなことばにだまされたらあかん。わたしはだまされたんです。きみたちはだまされんでほしい。「国を守る」なんてことばにだまされて、わかものが戦場におくられる。親より先に死ぬ。それが戦争です。どんなにきれいなことばを言われてもね、どんなに新しいことばをかけられてもね、だまされてはいけません。

安全なところにいるヤツ

裏には裏がある。

あの戦争中、国民すべてが痛みをひとしくわかちあっていましたか。わたしたちがくるしみにたえて戦争に協力しているときにも、政治家・官僚・軍需産業はひとしれず甘い汁をすっていたのではありませんか。1パーセントのヤツらはぜったいに戦地なんかへは行きませんと言いました。こいつら以外にも、甘い汁をすうヤツはまだまだおります。1パーセントにつながるヤツらですね。

いろいろ理由をつくって兵役を免除されるものがおる。最前線に行かないで安全なところにいるものがおる。敗戦色が濃くなれば、なるだけ遠くはなれたところへ逃げて自分の身の安全を確保するものがおる。こいつらはもっとも安全な場所にいます。わが身がかわいいからね。自分のいのちだけがたいせつだからね。おのれの立身出世だけがだいじだからね。
それがこいつらの本心やと知らないかんわけです。

徴兵制度は明治の出発時から、代人料をおさめられるといった富裕層への免役「特例」が組みこまれていた。瀧本さんの時代にも、兵役義務の例外として上級学校進学者に徴兵検査の免除や徴兵延期がみとめられていた。太平洋戦争の末期になると、徴兵猶予は停止されて文科系の在学生の学徒出陣があったが、やはり入営延期が認められるものもいた。こうした特権を受けられるのは高学歴をえられる金持ちの家庭に限られていた。

わたしはな、戦争からかえってきて、図書館にある戦争の本をかたっぱしから読みました。戦時中になにがあったのか、どうしてあんなことがゆるされたのか、ほんとうのことを知りたかったから。
はっきりわかったことがあります。いつの時代も、銃をもたされるのはわかものです。最前線でたたかわせられるのはわかものです。つねに戦争は、「国を守る」という名目のもとにはじまります。戦争がはじまれば国は、軍は、戦地の兵隊を見殺しにします。犠牲になるのは大

衆だけです。これが戦争のほんとうのすがたです。これが軍隊のほんとうのすがたです。

他国から攻められたらどうする

他国から攻められたらどうする。よくそう聞かれます。

そうならんように努力するのが政府やないか。それが政府のしごとやろと言いますねん。そのためにびっくりするような給料をもろとるんやろと。それぞれ責任者をおいて外交やっとんのやろと。戦争するために大臣やっとるんとちがうやろと。戦争さけるために大臣やっとんのやろと。攻められたらどうするとのんきなこと言うとる暇ないやろと。やることをやれと。

瀧本さんは2006年に手記「若者に告ぐ　私の戦争体験と主張　それでも君は銃をとるか」をまとめた。チラシの裏に思いつくままに書き、知人にタイプしてもらったものだ。

「今、もし仮に我が国が他国から攻められたとしたら、君達は率先して銃を取り戦うか。自分の親、兄弟、子供、すべての肉親を棄てて、自分の命までも同時に棄てる覚悟で戦うことができるのか…。私はハッキリお断りする。何故なら、今の日本の国は、残念ながら私から見れば、その痛みをみんなで平等に分担し、納得の上で行動できるような状態ではないと思われるからである。これは、私の戦争体験から得た結論である」

「私は思う。もしそのような国難の際には、先ず国の指導的立場にある人達こそが率先して第一線に出て戦うべきだと考えている。それでこそ私は納得できるのである。政治家達は自分が行けない時には、自分の子ども、肉親の者を他に先んじて前線に送りだしてこそ、我々は納得できるのである。果たして今の政治家や指導者の中に、そのような行動が取れる人が実際に何パーセント位いるのか知りたいものである」

あらためて「瀧本節」で語ってもらおう。

もし、かりに、そんなことは絶対にあってはいけないことですが、戦争になったらどうするのか。

わたしならな、「おまえが行け」と言いますね。だれに？　政治家と官僚にですわ。金をもうける兵器メーカーの社長にですわ。そんなに戦争をしたいのか。ほうか。よろしいよ。おまえが行け。そう言いますな。

国を守る？　うそをつけ。そう言いたいですね。そんなに国を守りたいのなら、そんなに国がだいじなら、まずはおまえが行け。そう言いますね。

ひとのいのちをあてにするな。自分でしまつしろ。そうも言いますな。おまえら政治家が行ってもだめならば、ほかのひとが行ってもおんなじや。国民をひきずりこむな。おまえが年寄りでつかいものにならんというのなら、おまえの息子や孫をやれ。それができんのなら戦争をやるな。そう言いますな。

　ごめんなさいね、ことばが悪くて。でも、ええ顔だけしとったらあきません。そのぐらいわたしは腹がたっとります。きれいごとじゃないんです。お国を守るためや。でも自分は死にたくない。かわりに死んでくれ。そういう話ですやん。なっとくできまっか。

　戦争に行って国のためになるならばいいよ。国のためになんか絶対にならんのやから。戦争に行って死ぬことが国のためになるか。親が泣くやろが。親を泣かせるようなことをしてね、なにが国のためや。武力では解決しませんと言いますねん。

沈黙は国をほろぼす

　戦争にならんためにはどうすればいいのか。

　とにかく大きな声をあげないけません。とくに、政府のやりかたが気にくわないなら大声をあげろ。政府のやることに反対のときには大声を出せ。とにかく「わたしは反対や」と大きな声を出しつづけなければあかんと言いますねん。

　わかもののいのちをつかって大金もうけするヤツらに、きみたちはなっとくできるのか。怒りをその方向にもっていかなあきません。だまっとったらあきませんよ。国がまちがったことしたら、だまっとらんとことばに出しなさい。頭からもっと湯気を出して怒りなさい。気づいたら大声を出しなさい。行動でしめしなさい。わたしはそう言いたい。

悪いことは悪い。いいことはいい。ひとつの方向から見るのではなくて、あらゆる方向から考えて、必要なときには本気で怒る。批判点があれば大声をあげる。そうでないと、「あのひとはどう思っているのかな」とわからないでしょう。腹ん中をあけてもらって「いや、おれは反対と思っとった」と見てもらうわけにはいかないでしょう。反対なら反対だとはっきり口に出さなあきません。なぜならね、権力者はずるがしこいから。こいつらは、「だまっとるんか。あ、そうか。ほなら賛成のほうやな」と自分に都合のええように解釈するからね。

いったん戦争になったらね、たとえ親子であってもね、親は子どものいのちを守ることはできませんよ。徴兵令という法律がちゃんとできるんやからね。それによって強制的に引っぱられるんやからね。そんな世の中になったらこまります。わかものは自分のいのちをだいじにしてください。自分を守ってください。いま子どもをつれている親御さんは、子どもさんが大きくなってわかるようになったらね、よく話をしてあげてください。政府のやりかたにね、気にいらんときには、だまっとってはあきません。いいことはいい。悪いことは悪い。はっきり声に出して意思表示せなあきません。そうおしえてあげてください。むかしは「沈黙は金」と言いました。いまはちがいます。

沈黙は国をほろぼします。

戦争にイエスかノーか、最後はあなたが決めて

以上はわたしの考えです。戦争のすがたを、ありのままに、なまでおつたえしました。いろいろ話をしましたが、すべてを話そうと思ったらね、2日も3日もぶっとおしでしゃべらなあかんぐらいタネはもっとります。それはさておいて、むすびにはいります。

結論を申しあげます。わたしは反戦・平和の考えをもっておりますが、ひとさんにはいろいろな考えがあろうかと思います。わたしの話を聞いていただいたうえで、戦争はイエスかノーか、最終的にどうするかっていうことは、みなさんがたご自身でお考えになって決めてください。その点ひとつ、よろしくおねがいします。

これでわたしの話は終わりたいと思います。ありがとうございました。

終章

国は、青年のいのちを求める

高等科在学中の1943年5月、下士官（二等整備兵曹）に任用された記念として同年6月に横須賀で撮影。21歳だった（著者提供）

瀧本さんは2016年8月、語り部をやめると言いだした。ミニコミ紙「新聞うずみ火」（大阪市北区）のジャーナリスト矢野宏さん（58）に、「太平洋戦争以上の思いを繰り返さないとわからんのやろなあ」と語った。

大きな理由は参院選（2016年7月）の結果です。ある程度は予想していましたが、あまりにも……。もうあいた口がふさがりません。ひどいショックを受けました。改憲勢力が3分の2をこえてしまった。いつでも改憲できるだんどりができてしまった。

「ぜったいに戦争はやりません」という国から「いつでも戦争をやるぞ」という国になろうとしている。おそらくその方向に行くでしょう。いまの政治は敗戦以来はじめてといってもいいぐらいに大きな転換点にあると思っております。憲法を根本からかえて、国の方針も百八十度かえようと政権は考えておるわけです。

いまのように国民の政治意識が低いままだと、あの第2次世界大戦をくりかえす恐れがきわめて大きい。太平洋戦争のあの悲惨をもう一度あじわわないとわからないのか。もう1回あの痛みと悲しみとにあわないとわからないのか。行くところまでいかないとわからんのかいな。

いや、もういっぺんくるしい目にあっても、それでもまだ国民はわからんかもしれん。これではもう見こみがないなといやになったんですわ。

語り部をやめたいんですわ。こらなんぼやってもあかんなと。

いつだって、大人の保身がわかものを殺す

戦争になったら反対する？　おそいですな。できません。

戦争をすると決まってからではおそいんです。戦争ははじまったら行くところまでいかないとやめられません。「あ、やっぱりやめた」と途中でやめられないのが戦争なんやから。反対の声をあげることができるのは戦争がはじまるまえまで。はじまったら反対なんかできません。だって世の中が戦争一色になるんやから。開戦してからではおそいんです。

戦争の準備を見のがしてはなりません。決められるまえに、まだ準備の段階のときに大きな声を出さなあきません。反対しなければあきません。声を出さないといけないのは今なんです。行動にうつさないといけないのは今なんです。たった今このときなんです。

国民よ、声を大にして怒れ。

ところがいまはかげでこちょこちょ言うぐらいだ。国民の怒りかたが少ないって言いますね。何十年にもわたって何十回・何百回・何千回とだまされたら気がすむんや。政治家は政治屋になりさがっている。その場かぎりの見えすいた甘言をろうして公約やと称している。政治

のひとことひとことが全部うそ。うそもうそもうそもうそ。それこそ八百ですやん。政治家はうそつきの達人なんやと見ぬかなあかん。いつまでもだまされつづけるわけにはいかない。こうしたことを知ってほしいとわたしは声を大にしてしゃべっとんですね。

でもな……。

これから反戦・平和のしごとへの取りしまりもきつくなってくると思いますわ。ええとしこいて逮捕されるなんて、なんぼ自分の信念だといっても、なんぼ生かされているものの義務やと思っていても、息子夫婦に迷惑をかけてしまいます。そこまでする必要ない。これから、言いたいことも言えなかったむかしの暗黒社会に近づいていくでしょうな。特高がいた戦前の時代までいくかどうかはわかりませんが、その方向にむかうのはまちがいないだろうね。

そんなことになったらこまるから語り部をしてきたんですね。だけれども、こらなんぼやってもあかんなと。国民の考えがこれだったら意味ないなと。なに考えとんねんとさじを投げた感じです。国民の政治意識の低さが腹だたしいんです。かわいそうやけれど、行くところまでいかないとわからんのやなと。とくにわかものがかわいそうやと思います。いのちを捨てないかんから。

国民はなにを考えておるんかいなと。くるしむのは自分たちなのに。そんなことを夜中に考えだしたら、腹がたって寝られないこともあるんですわ。

瀧本さんの講演を聞いた大阪府の高校生は感想文にこう書いてきた。「一言で言うと、左まきだなと思った」「一瞬でこいつの言ってることは忘れようと思った。何のためにもならない一時間だったなと、無駄だったなと思う」

2016年6月には、大阪市の中学校から講演を依頼されながら一方的にとりけされるということも起きた。9月の講演にそなえてうちあわせに来た女性教諭は、瀧本さんのことばに熱心に耳をかたむけ、なみだぐんでいるようにも見えたという。「好きなとおりに話してください」とも言ってくれた。数日後、こんどは校長が電話をかけてきた。「今の政治体制を批判するなら都合が悪い」「講演の話はなかったことにして欲しい」という趣旨のことを言い、悪びれた様子もなかったという。瀧本さんは「理由は保身以外にないでしょう」とふりかえる。はじめての体験だった。

大阪の学校はもうここまできているんですわ。校長がやったことは、戦争とはどういうものなのか、戦場で殺されるということはどういうことなのかという想像力をはたらかせる機会を、生徒からうばったということですわな。かわいそうやと思います、生徒がね。

わたしらとおなじ人生をいまのわかものにおくってほしくない。おなじ思いをしてほしくない。わたしたち世代が経験した悲惨なことはくりかえしてはならない。そういうきつい思いがうまくつたわっていないから腹がたちますねん。わたしの言うことはほんとうのこと。それなのに気づいてくれない。あまりにも話がつうじないからやめるしかありません。

安倍氏は第1次政権（2006年9月〜07年9月）で、改憲の手つづきを決める国民投票法を制定したり、教育基本法を変えて愛国心教育につながる文言を盛りこんだりした。となえる「戦後レジームからの脱却」の「思想的背景」には祖父・岸信介の影響が指摘されている。改憲に前のめりの姿勢が反発をかった第1次政権時代を意識してか、第2次政権（12年12月〜）からは国政選挙前は改憲の持論を封印する手法に転じた。経済政策「アベノミクス」や「消費増税の先おくり」など国民うけしやすい主張をおしだして勝利をおさめ、つぎの国政選挙までに憲法に抵触する法律や施策を成立させている。

2012年
12月　衆院選。デフレ脱却をかかげて政権復帰
　憲法96条の改定（国会による発議要件の緩和）をめざす。「裏口入学」などの批判をまねいてうやむやに
2013年
7月　参院選。アベノミクスをかかげて圧勝。衆参の「ねじれ」を解消
12月　特定秘密保護法を制定。靖国神社を参拝

2014年
1月　近現代史に政府見解を書きこむよう教科書検定基準を変更
4月　武器輸出三原則の撤廃
　　　2011年の東京電力福島第一原発の爆発事故をうけた「原発ゼロ」政策を捨て、「原発回帰」を閣議決定
7月　集団的自衛権の行使容認の閣議決定。歴代内閣の憲法解釈を転換
12月　衆院選。アベノミクスの継続と消費増税を先おくりするとして圧勝。自公で改憲発議に必要な3分の2を維持
　　　この年の沖縄県では、名護市辺野古への米軍基地移設を問う名護市長選・知事選・衆院選があり「辺野古ノー」の結果に。政府は移設工事を続行
2015年
3月　学習指導要領を改訂し道徳を教科化
8月　戦後70年談話を発表
9月　安全保障関連法（戦争法）を制定。米軍の「下請け」として海外での武力行使が可能に
2016年
7月　参院選。アベノミクスの継続と消費増税の再先おくりをかかげて勝利。自公・

おおさか維新といった改憲勢力が参院でも3分の2に
11月　南スーダン派遣の自衛隊に「駆けつけ警護」付与を閣議決定

瀧本さんの語り部中止宣言は、こうしたことへの失望感のあらわれだった。中止宣言後もわかものの行く末を繰りかえし案じる瀧本さんに、「どうして、そんなにわかもののことを思うのですか」と聞いた。

わたしとおきかえるからですよ。わたしらはだまされとった。当時のわかものは一部をのぞいてすべてだまされました。

わたしは17歳で海軍にはいりました。国の「美しいことば」にだまされて戦争に行きました。たまたまわたしは幸運にもかえってこれたけれど、死んだものはどないなるんや。二十歳《はたち》そこそこでむだ死にして。むだ死にですよ。

われわれのときのようにいまのわかものが国にだまされることはゆるされません。わたしは10歳ぐらいから洗脳されました。大きくなったら天皇陛下のため、お国のために戦争に行って死ねと言われながら育てられました。それは絶対にあってはいけないことだった。わかものが国にだまされるのは、われわれの青春時代だけでたくさんだ。いまのわかものにはしっかりしてほしい。国を守るとか大きなことを考えないでほしい。ひとりひとりが幸せを守ってほしい。

そういうふうに思っております。

国はいざとなったらどんなうそでもつきます。それを知ってくれというんです。わたしはストレートに言います。単刀直入にのべます。ほんとうのことを知ってもらわないけませんから。わたしのしごとは事実をつたえることやから。とにかく事実をつたえたいきもちでいっぱいですから。自分が通ってきた事実に感じたことしか言うてないから。だれに遠慮することもないから。かくしませんから。

わかもののみなさん、ご先祖さま・おとうさん・おかあさんにいただいたいのちを、とにかくだいじにしてください。国も自衛隊もひとりひとりのいのちを守るためにあるのとちがいます。国は守ってくれませんよ。そろそろ国にだまされるのはやめましょう。自分のいのちは自分で守ってください。

そのためにはかしこくならないといかん。きみたちのいのちとひきかえに大金もうけをするヤツらは、大うそつきの名人です。こいつらの本心を見ぬかないとあかん。おたがいにかしこくなりましょう。かしこくなるというのは勉強をして高等学校に行くのとはちがいます。政府の政策が国民のためになるのかどうか見ぬく力を身につけることです。政府がうそをついているのかどうか見やぶる力を身につけることです。それがかしこくなるという意味です。

――そのとき、べつの学校から生徒の感想文が瀧本さんの自宅に郵便でとどけられた。――

瀧本さんは一枚一枚に目をとおしはじめた。「もしも、ですよ。また講演をしてくれと呼ばれたらどうしますか」。

瀧本さんはしばらく黙りこんだ。

……たぶん、行くと思いますわ。取りしまられる法律が施行されるまえまでは、それまでやったらいいんじゃないですか。わたしはいつ死ぬかわからない。でも、わかものはいまからの人生でしょう。いのちを守ってやらなあかんでしょう。そやからね、年寄りはどうでもええと。これからは、わかもののいのちを守る専門でいこうと。なんじゃかんじゃあって考えましたところね、わかもののいのちだけはだいじにしたらないかんと思ったわけですわ。わかもの一本と決めたんですわ。

それがわたしの道やと思っておりますねん。わかものがどれだけわかってくれるのか、どれだけつたわっているのかわからんけれど、感想文を読むかぎりは考えてくれていると思います。

瀧本さんは講演活動を再開した。

安倍政権のうごきはとまらない。

2017年

5月　憲法記念日の3日、憲法9条の書き換え（自衛隊の明記）と2020年の施行をめざすと発表
6月　「共謀罪」法を制定
10月　衆院選。国難突破解散をうったえて、希望・維新の野党をくわえると改憲勢力は8割に

ついに「共謀罪」が強行採決されましたね。あいつら、強行するの、じょうずやからね。みなさん、安心してください。これでね、憲法の改正もね、徴兵令の制定もね、みなさんののぞみどおりにされると思います。教育勅語もまちがっていません。政権は道徳の授業でつかえと言うとります。修身も復活します。国にだまされる方法を学校でおしえたろかということです。みんな戦争の下地です。それ以外にないもん。

みなさん、安心してください。みなさんのお子さん、お孫さん、ちゃんと戦争につれていってくれますから。

そういうことですわ。

もともと、政権側は「それをやる」という看板を出していますやん。政治に関心をもっていたら政権がどの方向に行こうとしているのかわかるはずです。そうすると、だまされるわれわれ選挙民のほうが悪いということになります。おかみにさからったらいかんという時代じゃな

いからね。いまはこっちが主人、むこうはやとわれ人だからね。この政権でいこうと決めたのはこっちやからね。いまの政権をつくったのは自分たちやからね。われわれ選挙民がかしこくならないといかんのです。政治家や官僚まかせでは世の中はぜったいに変わりません。このことをわれわれ国民が自覚するしかありません。

戦争のほんとうの目的は金もうけだと言いました。政治は政治で危機をあおることでどれだけの票を得るのかも知る必要があります。今回の選挙（２０１７年10月の衆院選）も安倍は国難突破やと連呼しましたでしょう。北朝鮮に圧力や制裁やと言うだけでなにも解決できん。こんなものは政権のパフォーマンスやと思とります。そのパフォーマンスでじょうずに「危機」をあおって票をあつめましたやん。

政権なんて、こちらがそっぽを向いたらそれでしまいでしょう。

それなのに、もじもじするだけで結局いきおいにながされてしまっている。われわれの基本的人権を守る憲法と法律なのに、有権者はそう自覚していないんですわ。そこへの関心が弱いから選挙前の甘い話にだまされる。だからいまの政権が登場した。だからいまの結果につながった。

残酷な言いかたになりますけれどな、日本人自身が悪いんですよ。政権はやりたい放題じゃないですか。国民が怒らないから政権は好きかってをやっているんですわ。いまのうちやったらやれると朝飯前でやっとんのやから。だってそうでしょう。選挙の結果が「いまの政権のやりかたでよろしいよ」と、こういうふうになっとるんやからね。ですからわたしらが一番悪いんです。

われわれは、最強の武器をもっている

有権者よ、いいかげんに目を覚ませと。目を覚まさないほうが悪いと言うんです。こっちは、敵がどういうことをするのか知って知って知りつくしとるわけや。ならば敵のうわてをいかんといかん。

政権の好きかってをゆるすのもゆるさないのも、われわれの手にあるんですよ。手ににぎっている一票にかかっているんです。われわれ主権者は本来、最強の武器をもっているはずなんです。なぜこれをつかわないんだ。そう言いたい。このつかいかたが正しかったら世の中をかえられるんですよ。そのための一票なんやから。ほうてでも選挙に行かないかん。なんだかんだ言いながらね、わたしらは力づよい一票をもっています。しかしいまのところは手ににぎっとることを自覚している有権者の数が少ない。にぎる力が弱い。

わたしたち有権者はがむしゃらに怒らないけません。怒ったら、こんどはその怒りを忘れたらいかん。つぎの選挙までおぼえておかないかん。政治家がしっかりとしていなかったら、ちゃんと一票の権利を行使して、ダメな政治家をひとりでも多くひきずりおとす。ひとりでも多くたたきおとす。いまは政党政治やからね。これしか方法はないんやからね。

世の中ひろいんやからね、われわれ国民のことを本気で考えてくれるひと、いのちをたいせつにあつかってくれるひと、そういうひとはまだまだたくさんおります。そうしたひとを見いだして国会におしあげるのも有権者のしごとです。

――瀧本さんは2017年11月で96歳になった。――

よう考えたらな、わたしから講演をとったらなんにものこらないんですわ。生きている価値がないんですわ。いろいろ苦労してきましたが、語り部をやりだしてから生きがいをもらいました。そういう意味では最高の人生や。これにかわるしごとがありますか。香川にいる103歳の姉がいまも手紙をくれるんですよ。姉が書いてきとりますやん。「ええしごとさせてもろて、これもご先祖さんのおかげやな。ご先祖さんにお礼を言いなさい」と。そのとおりやと思います。

わたし、東京で講演したいんですわ。東京には本家本元のヤツらがいるからな。その東京でな、こういう戦争の生きのこりがおるんやぞと一発かます方式をとるべきやと思とるんです。爆弾をおとすつもりで講演やろかなと。戦争のほんとうのすがたを政治家におしえたろうと。戦場のほんとうのすがたを聞かせたろうと。そういうことですねん。

いまの政治家なんて戦争のあんばいを皆目しりません。年表を見てね、ハワイ攻撃はこの年にあったんやなとか、ミッドウェー海戦はこの年かと、そのぐらいは知っとるわけや。ぎゃくに言うたらそのていどしか知らんわけや。戦争のなまの恐ろしさを知らんやつが政治をやっとるから、戦争を起こそうとするわけですね。それにこいつらは戦争に行きませんからね。たとえ陣笠連中でも自分のいのちがだいじやからね。

よっしゃと。わたしが講演しますやん。わたしは、ほんとうはもっとみじめなもんやと身をもって経験したわけですからね、ほなら実際はどうやったのかと告げたらなあかん。現場のなまの怖さをおしえてやらないかんのですわ。戦争になったらみかたの船でも魚雷で沈めるんやぞと。ありうべきことじゃないですやん。そういうこともするんやぞと。それでも戦争したいんかと。ほうかと。それなら「おまえが行けや」。これですわ。こんどはおまえらの番やぞと。

これまでは言いたくても言わんで辛抱していたことがありました。もうはっきり言う以外にわかもののいのちをすくう方法はないと思うようになりました。わかものに直接うったえたいというきもちがさらにつのっているんですわ。だから言うことにします。とにかくわかもののいのちを守ることに徹しておりますからね。

「国は、わかもののいのちを狙っている」

こういうことです。言ってもすくえないかもしれない。しんじてもらえんでしょうからね。

「国は、青年のいのちを求めている」

わたしにしたら究極のことばですねん。このことを最後にしゃべるべきやと思っています。

このひとことをわかものにつたえたら、わたしは死んでもええと思とります。

国は、わかものなんて戦争で死んでくれたらええと考えている。とんでもない話やと思うでしょう。でも聞いてください。戦争にはわかものが行く。ほかにだれが行きますか。かわりはおりません。わかものが行かんとおさまりがつきません。わかものが死んで、ほんでつじつまがあうんです。「いのちをさしだせ」と国は言いたいわけです。それだと反発をくらうから「国を守るためだよ」とやさしく言うとるだけです。だましているという結果はいまもむかしもおなじことですやん。それでええんかということですね。

そのときにわかものはどういう返事をするのか。

このごろのわかいもんには「元気」のいいやつがおるらしいね。戦争に行くぞとかね。知らんから言えるわけです。知らんからまちがうわけです。あたりまえに生きとったら戦争なんて知らんのはあたりまえですやん。

だからこそな、わたしたち戦争の生きのこりが——生きとるもんはもう少ないけれど——戦争のほんとうのすがたはこうなんだよ、けっしてやってはいけないんだよとつたえないかんわけです。それをおしえるもんが少ないんですわ。みんなかくしているんですわ。ほんとうのことは歯抜けのからや。それだけは承知できないんです。

戦場ではなにがあったのかを、下っぱの側から、国民の側からの視点で知ってほしいんです。いまは「まだ」ものが言えますからね。「まだ」おしえられるからおしえんといかんのに、小学校や中学校では修身（道徳）を正課の授業にいれるというでしょう。まるでぎゃくじゃないですか。

いまは安心して逝けないんですわ。こんなんで死ねない。逝けるか。逝ってたまるか。もっと安心してから死にたい。さいわいいまの調子だと、100歳までできるんじゃないかと思っとります。体がうごくかぎり語り部をやって、それでころっと逝ったら、ええ人生や。できればな、そのあいだにプラトニックラブができたら最高やな。

いま思たらな、17歳で軍隊にはいってな、ヤシの木の肥やしになりそこねて。わたしらの一生というたらとんでもないものでした。青春時代なんてありません。わたしは一番これが自分にとってざんねんなところですわ。ものすごく自分のことがかわいそうと思っております。男として生まれてな、恋のひとつでもしてな、青春時代というたらそういうもんですやん。だからな。プラトニックラブというたら心と心のむすびつきですからね。それぐらいはいいんじゃないですか。このとしになったらからだは完全に枯れとりますからね。でも心はかわりませんやん。きもちは二十歳のころのままですわ。そんな気ですわ。

ウフッ、エヘッ。

あとがき

「まえがき」にも書きましたとおり、本書は『朝日新聞』の聞き書き連載「元海軍兵・瀧本邦慶の95年」がもとになっています。取材は、２０１６年8月から1回あたり数時間を、瀧本さんの自宅で20回ほどかさねました。そのたびに瀧本さんの記憶力におどろかされましたが、海軍に志願したときからだと約80年前、１９４５年の敗戦からでも70年以上もまえのことのため、さまざまな資料・記録と照らしあわせて確認につとめましたが、瀧本さんの記憶だけにたよらざるをえないところも多々ありました。文責は聞き手のわたしにあります。まちがいがありましたら機会があるごとに訂正していきます。

瀧本さんは語り部活動を再開後、あいかわらずの大声ではりきっていましたが、２０１７年7月に脳梗塞で倒れてしまいました。さいわい家族がすぐに気づいて入院させましたから後遺症は軽いものでした。聞き手をくすりとさせる話術も大声も変わりませんが、発語のさいに一瞬ひっかかるところがあるため、リハビリにとりくんでいます。「もうな、暇をもてあましてしゃあないんですわ」とぼやきつつ、「暇」なこと以上になげいていることは、倒れたことで取り消しになった講演のことです。この年の夏は例年より多くの予約がありました。「キャンセルなってな、ものすごく申しわけないなと。治ったら講演に来てくださいというところもあるしな。ある高校なんかはな、ぜひ来てください、待っとりますと言うてくれてなあ」と悔しがっています。

リハビリは順調です。「いまの調子だと、100歳までできるんじゃないかと思っとります」はまちがいなしなほどに生きいきとしていますから、講演再開もそう遠い日ではなさそうです。プラトニックラブのあいてが見つかったのかどうかについては、わたしはおしえてもらったので知っていますが、これは、講演を聞きにいったみなさんが瀧本さんに直接聞いてください。

本書で語られなかったこと

瀧本さんがある日つぶやいた。「いまのマスコミ報道にはどうしても合点がいかんのですわ」。それ以上はくわしく語らなかった。現役の新聞記者であるわたしへの遠慮があったのかもしれない。ならばわたしが書こう。それが「遺言」を聞いたものの責任だ。

瀧本さんを「餓死の5分前」までおいつめた「あの戦争」の「あの時代」に、朝日新聞はなにをしていたのか。

第1次世界大戦（1914〜18年）以降、ヒトやモノだけでなく、ココロまでをも動員・統制しなければ戦争はできない時代となる。１９２５年に治安維持法ができ、37年の軍機保護法全面改定、38年の国家総動員法とつづいた。41年に国防保安法もできた。治安維持法に予防拘禁がくわえられ、言論出版集会結社等臨時取締法もあった。しかし、法律ひとつでがらりと暗闇になってしまうほどに当時の世の中も単純なつくりではなかったはずだ。法律は最初、「懸念の声」をふまえて慎重に運用される。不安は「思いすごし」となる。拡大解釈・適用がはじまる。諦観と傍観とが次の法律への地ならしをする。うそが、うそではないかもしれないとなり、「事実」となる。既成事実が累々と積みかさねられて、うそをうそと言うものがうそつきとなる。

その日々において朝日新聞は、ほんとうのことを書かなかった。だまされてうそを書いたのではなく、うそをうそと知りつつ書いた。「敵」への蔑視をかきたてて国民の戦意高揚につとめた。うそ記事にだまされて憎しみにとりつかれた国民におもねり、政府と軍部と財閥にへつらった。破滅につながる時時のうごきに見てみぬふりをし、刻刻の音に聞こえないふりをした。報道すべきことを報道せず、報道しなくてもいいことにははしゃいだ。戦死をあおった。言論の自由を取りしまる法律があったからとか、軍部の弾圧があったからとかは、「だからしかたがなかった」とみずからを免責する方便だ。

日本の侵略戦争は、とりかえしのつかない被害をまきちらした。数えきれないひとびとを屠った。それぞれのあるべき生とありうべからずの死とを想うとき、とれる責任などあるはずもない。戦後の日本国憲法が戦争の放棄を決めたのは、とれるはずもない責任を背負ったものとして、そうでなければならなかったからだ。

敗戦から73年。ついに日本は「自分たちはなにをしたのか」を調べさえしなかった。事実の認定・謝罪と賠償・再発防止という反省を一度たりともしめさなかった。それどころか加害者としての自覚をもとめられることにうんざりしていた。2002年9月の北朝鮮による拉致事件発覚を機に、「被害者になれたという優越感」を身にまとい、過去をもみ消した。在日コリアンを標的とするヘイトスピーチは戦前からいまにつづく日本社会の本音だ。「なにをしたのか」をかえりみない社会は、「なにをしているのか」も「なにをしようとしているのか」も見うしなう。このような時代にふさわしく、安倍政権は登場した。歴史をつごうよく浄化する政治家は与野党の垣根をこえてひろがった。

安倍政権のふるまいは、たちまち戦争につながるものなのか。きょうにも軍隊を他国へおくりだし、あすにも日本が焦土となるのか。そうだと考えているほどに戦争体験者は「うぶ」ではない。独特の嗅覚のようなものがあるだけだ。戦禍をくぐりぬけることで身体にきざみこんだ直感であり、「反対できないのが戦争」の時代を生きたものの洞察力。これが「戦争につながる芽」を見つけだす。戦争は、ひとびとの無関心を養分として「芽」がそだち、のびたツルが目・耳・口そして心をもしばりあげてから、ようやくはじまる。

あまたの人間を死地にかりたてた朝日新聞は、戦後の存続をゆるされてはならなかった。ゆるされざる道をえらんだのだから、「芽摘みばさみ」となる以外に存在理由はない。それなのに、いまの朝日新聞からは「芽」を見つけだす能力が失われた。「芽」がここにあるぞという声に耳をそばだてる意思も枯れはてた。「抗議がくるからさあ……」と事実をけずる。日本軍「慰安婦」を被害者と書いてはならない。「読者がさあ……」とことばをまるめる。南京大虐殺は南京事件と記さねばならない。自分の顔は隠し、脳内でこしらえた「抗議」におびえ、脳内でこしらえた「読者」に代弁させる。「あいての言い分も聞く」を意図的に誤用し、うそとほんとうの両論をならべて、うそのうそ度をうすめる。歴史改竄の横行に顔をしかめるていどには「良識派」であり、「萎縮しない」とかっこうもつける。最初は抵抗してみせる。次の既成事実が出るころには、前の既成事実にしたり顔の解説さえはじめる。おかしいと言い続けるものには「政治的意図」の疑いをかける。どこまでも状況を追認し、はてしなく現状に心身をすり寄せる。大勢に同化・同調し、適応・適合し、順応・順守し、応化・即応し、千代に八千代に服従する。こうして、犠牲者がくりかえし殺されることに加担する。いくども辱められることに加勢する。いずれ支配のよろこびにうちふるえるのだろう。

瀧本さんの語り部中止宣言の背景には、朝日新聞の惨状があった。

2018年1月　下地　毅

参考文献

朝日新聞「検証・昭和報道」取材班『新聞と「昭和」』朝日新聞出版　2010年
朝日新聞「新聞と戦争」取材班『新聞と戦争』朝日新聞出版　2008年
朝日新聞社編『一九九五年八月十五日に　戦後50年 6』朝日文庫　1995年
雨倉孝之『帝国海軍下士官兵入門　ジョンベラ気質徹底研究』光人社NF文庫　2008年
粟屋憲太郎『東京裁判への道』(上下巻) 講談社選書メチエ　2006年
碇義朗『飛龍天に在り　航空母艦「飛龍」の生涯』光人社　1994年
伊藤桂一『秘めたる戦記　悲しき兵隊戦記』光人社NF文庫　1994年
井上清『昭和天皇の戦争責任』明石書店　1989年
今西光男『新聞　資本と経営の昭和史　朝日新聞筆政・緒方竹虎の苦悩』朝日選書　2007年
今西光男『占領期の朝日新聞と戦争責任　村山長挙と緒方竹虎』朝日選書　2008年
内田博文『刑法と戦争　戦時治安法制のつくり方』みすず書房　2015年
内海愛子『キムはなぜ裁かれたのか　朝鮮人BC級戦犯の軌跡』朝日選書　2008年
江口圭一『昭和の歴史④十五年戦争の開幕』小学館ライブラリー　1994年
大江志乃夫『昭和の歴史③天皇の軍隊』小学館ライブラリー　1994年
荻野富士夫『特高警察』岩波新書　2012年
奥平康弘『治安維持法小史』岩波現代文庫　2006年

加藤邦彦『一視同仁の果て　台湾人元軍属の境遇』勁草書房　1979年
関西学院大学災害復興制度研究所編『緊急事態条項の何が問題か』岩波書店　2016年
木坂順一郎『昭和の歴史⑦太平洋戦争』小学館ライブラリー　1994年
教育史学会編『教育勅語の何が問題か』岩波ブックレット　2017年
矯正協会『戦時行刑実録』矯正協会　1966年
小泉悠・宮永忠将・石動竜仁『日本海軍用語事典』辰巳出版　2015年
澤地久枝『記録ミッドウェー海戦』文藝春秋　1986年
白井厚編『いま特攻隊の死を考える』岩波ブックレット　2002年
杉原達『中国人強制連行』岩波新書　2002年
太平洋戦争研究会『日本海軍がよくわかる事典　その戦い方から日常生活のすべて　愛蔵版』PHP文庫　2008年
高嶋伸欣『教育勅語と学校教育　思想統制に果した役割』岩波ブックレット　1990年
高橋哲哉『「心」と戦争』晶文社　2003年
高橋哲哉『靖国問題』ちくま新書　2005年
高橋哲哉・田中伸尚『「靖国」という問題』金曜日　2006年
田中伸尚『憲法九条の戦後史』岩波新書　2005年
田中伸尚『靖国の戦後史』岩波新書　2002年
田中伸尚・田中宏・波田永実『遺族と戦後』岩波新書　1995年
辻田真佐憲『大本営発表　改竄・隠蔽・捏造の太平洋戦争』幻冬舎新書　2016年
寺田近雄『完本　日本軍隊用語集』学研パブリッシング　2011年
東京飛龍会世話人萬代久男編『空母飛龍の追憶』飛龍会　1984年

外村大『朝鮮人強制連行』岩波新書　2012年
中村政則『昭和の歴史②昭和の恐慌』小学館ライブラリー　1994年
南洋庁長官々房編『南洋庁施政十年史』南洋庁長官々房　1932年
原彬久『岸信介―権勢の政治家―』岩波新書　1995年
原田敬一『国民軍の神話　兵士になるということ』吉川弘文館　2001年
藤原彰『餓死した英霊たち』青木書店　2001年
藤原彰『昭和の歴史⑤日中全面戦争』小学館ライブラリー　1994年
防衛庁防衛研修所戦史室『大本営海軍部・聯合艦隊〈2〉』朝雲新聞社　1975年
防衛庁防衛研修所戦史室『大本営海軍部・聯合艦隊〈5〉』朝雲新聞社　1974年
防衛庁防衛研修所戦史室『大本営陸軍部〈8〉』朝雲新聞社　1974年
防衛庁防衛研修所戦史室『中部太平洋方面海軍作戦〈1〉』朝雲新聞社　1970年
防衛庁防衛研修所戦史室『中部太平洋方面海軍作戦〈2〉』朝雲新聞社　1973年
防衛庁防衛研修所戦史室『中部太平洋陸軍作戦〈1〉』朝雲新聞社　1967年
防衛庁防衛研修所戦史室『中部太平洋陸軍作戦〈2〉』朝雲新聞社　1968年
防衛庁防衛研修所戦史室『ハワイ作戦』朝雲新聞社　1967年
防衛庁防衛研修所戦史室『本土決戦準備〈1〉』朝雲新聞社　1971年
防衛庁防衛研修所戦史室『マリアナ沖海戦』朝雲新聞社　1968年
防衛庁防衛研修所戦史室『ミッドウェー海戦』朝雲新聞社　1971年
防衛庁防衛研修所戦史室『蘭印・ベンガル湾方面海軍進攻作戦』朝雲新聞社　1969年
防衛庁防衛研修所戦史室『陸海軍年表』朝雲新聞社　1980年
保阪正康監修『写真で見る太平洋戦争Ⅰ　真珠湾からガダルカナルへ』山川出版社　2015年

保阪正康監修『写真で見る太平洋戦争Ⅱ　玉砕の島々と沖縄戦、終戦への道』山川出版社　2015年
水野直樹『創氏改名―日本の朝鮮支配の中で』岩波新書　2008年
宮川貞光『海軍航空隊　整備兵』　2017年
宮崎学&近代の深層研究会『安倍晋三の敬愛する祖父　岸信介』同時代社　2006年
門司親徳『空と海の涯で　第一航空艦隊副官の回想』光人社NF文庫　2012年
森史朗『ミッドウェー海戦　第一部　知略と驕慢』『同　第二部　運命の日』新潮選書　2012年
柳河瀬精『告発　戦後の特高官僚　反動潮流の源泉』日本機関紙出版センター　2005年
山中恒『すっきりわかる「靖国神社」問題』小学館　2003年
吉田裕『アジア・太平洋戦争　シリーズ日本近現代史⑥』岩波新書　2007年
吉田裕『日本の軍隊―兵士たちの近代史―』岩波新書　2002年
吉田裕『日本軍兵士―アジア・太平洋戦争の現実』中公新書　2017年

[著者]
瀧本邦慶（たきもと・くによし）
1921（大正10）年、香川県桑山村（現三豊市）生まれ。39（昭和14）年に17歳で佐世保海兵団へ志願入団し、空母「飛龍」の乗組員となる。艦上機の整備兵として41年12月の真珠湾攻撃や42年６月のミッドウェー海戦に従軍し、トラック諸島で敗戦をむかえた。最終階級は上等整備兵曹（下士官）。46年に復員・帰郷。53年ごろに大阪に転居し、おもに不動産業をいとなんだ。2008年、語り部活動をはじめる。「戦争の生きのこりとして戦場の生き地獄ぶりをつたえたい」という思いから小中高校を精力的にまわっている。剣道・居合道ともに７段。大阪市在住。

[聞き手]
下地毅（しもじ・つよし）
新聞記者。1971年、沖縄県生まれ。早稲田大学政治経済学部卒、97年朝日新聞社入社。これまでの赴任地は福島、滋賀、大阪、鳥取、京都、福井。2016年９月から大阪社会部。

朝日選書 968

96歳 元海軍兵の「遺言」

2018年２月25日 第１刷発行

著 者 瀧本邦慶
聞き手 下地 毅

発行者 友澤和子

発行所 朝日新聞出版
〒104-8011 東京都中央区築地5-3-2
電話 03-5541-8832（編集）
03-5540-7793（販売）

印刷所 大日本印刷株式会社

© 2018 Takimoto Kuniyoshi, The Asahi Shimbun Company
Published in Japan by Asahi Shimbun Publications Inc.
ISBN978-4-02-263067-4
定価はカバーに表示してあります。

落丁・乱丁の場合は弊社業務部（電話03-5540-7800）へご連絡ください。
送料弊社負担にてお取り替えいたします。

枕草子のたくらみ
「春はあけぼの」に秘められた思い
山本淳子
なぜ藤原道長を恐れさせ、紫式部を苛立たせたのか

ネガティブ・ケイパビリティ 答えの出ない事態に耐える力
帚木蓬生
教育・医療・介護の現場でも注目の「負の力」を分析

日本人は大災害をどう乗り越えたのか
遺跡に刻まれた復興の歴史
文化庁編
たび重なる大災害からどう立ち上がってきたのか

江戸時代　恋愛事情
若衆の恋、町娘の恋
板坂則子
江戸期小説、浮世絵、春画・春本から読み解く江戸の恋

asahi sensho

歯痛の文化史
古代エジプトからハリウッドまで
ジェイムズ・ウィンブラント著／忠平美幸訳
恐怖と嫌悪で語られる、笑える歯痛の世界史

くらしの昭和史
昭和のくらし博物館から
小泉和子
衣食住さまざまな角度から見た激動の昭和史

高田長老の法隆寺いま昔
高田良信　構成・小滝ちひろ
「人間、一生勉強や」。当代一の学僧の全生涯

身体知性
医師が見つけた身体と感情の深いつながり
佐藤友亮
武道家で医師の著者による、面白い「からだ」の話

（以下続刊）